우리 동네 한의사

마음까지 살펴드립니다

우리 동네 한의사

마음까지 살펴드립니다

권해진 글

보리

차례

일러두기
1. 환자들 이야기는 환자들에게 동의를 구하고 글을 썼습니다.
   환자들에게 들은 이야기를 바탕으로 글을 써 환자의 사정과 조금 다를 수 있습니다.
2. 여러 환자들의 사례를 모아 재구성한 이야기도 있습니다.

1장

한의학이란?

+

동네에서 배우다

병 탓?
환자 탓?

환자들과 이야기를 많이 나누는 편입니다. 환자를 치료하는 일도 중요하지만 환자와 의사 사이가 무엇보다 중요하다고 생각하기 때문이지요. 먼저 제 이야기부터 할까 합니다. 모든 의사는 때때로 환자가 되기도 하니까요.

대학에 합격하고 '대학생이 되면 이렇게 살고 싶어!' 하며 친구들과 수다를 떨던 어느 겨울날. 공부하느라 치료를 제대로 못 받았던 여드름을 얼굴에서 사라지게 하고 싶었습니다. 그래서 찾은 피부과. 20년도 더 지난 일이니 그때는 피부와 비뇨기를 함께 보는 곳이 많았지요. 나이가 지긋한 의사는 제 얼굴을 힐끗 보더니 교과서를 읽듯 말씀하셨어요.

"주사 한 대 맞고 약 줄 터이니 일주일 먹어 보고 다시 오세요. 기름진 음식, 인스턴트, 초콜릿 같은 것들 먹지 말고요."

그때 받은 약은 먹지 않았습니다. 그 약을 먹고는 나아지지 않을 것 같은 느낌을 받아서죠. 그렇게 3월이 되고 대학생이 되었습니다. 어른들은 대학 가면, 나이가 들면 여드름은 없어진다고 했지만 여드름은 여전했습니다.

답답한 마음에 두 번째로 가게 된 서울에 있는 피부과. 지방에서 올라온 저는 최첨단 시설을 갖춘 전문 피부과에 반했고, 의사도 젊은 분이라 기대감은 더 컸습니다.

"얼굴이 이 지경이 되도록 치료 안 받고 뭐 했어요. 주사 맞고 약 일주일 먹어 보고 다시 오세요."

그때 받은 약도 먹지 않았습니다. '이 지경이 되도록'이라는 말이 머릿속을 떠나지 않았습니다. 한동안 거울을 볼 때마다 제 얼굴이 '이 지경'이라는 말을 써야 하는 상태 같아서 절망했고, 지금까지도 그 말은 제 마음을 아프게 합니다. 두 의사한테서 받은 약을 먹지 않아서인지 여드름은 20대 후반까지 계속되었습니다.

한의대학교를 다니면서 피부에 좋은 약재가 무엇이 있을까 찾아보고 공부를 하지 않은 것은 아닙니다. 하지만 약재나 침 공부보다 환자를 어떻게 대해야 하는가를 더 공부하고 싶었습니다. 한의사 선배들은 임상경험 일 년이면 요령을 알게 된다고 했지만 '이 지경' 트라우마 때문에 제가 환자에게 상처를 주지는 않는지, 제가 처방한 약이 아무리 명약이더라도 환자가 거부하지는 않을지가 더 고민이었습니다. 그래서 심리학 책도 찾아보고 리더십 교육도 받았습니다. 한의학이 아닌 다른 곳에서 해답을 찾으려고 동분서주했죠. 그러다가 당나라 손사막이 지은 《천금방》에서 이런 대목을 보게 되었습니다.

의사는 마음 쓰기를 정밀히 하고 자세하게 해야 비로소 이것을 함께 말할 수 있다. 무릇 큰 의사가 병을 고칠 때는 반드시 정신을 편안히 하며 뜻을 일정하게 하여 욕심을 없애고 구하는 바를 없애고 먼저 큰 사랑과 측은지심을 펼쳐야 한다.

《천금방》이 지금까지 읽히는 까닭 가운데 하나는 의사 윤리를 다룬 문장이 많아서입니다. 제가 찾던 답은 결국 마음가짐이었습니다. 어떤 심리학적 분석보다 환자를 사랑하고 측은히 여기는 마음이 환자에게 잘 전달되도록 해야 한다는 것을 알게 되었지요.

한의원 문을 열고 나니 학생 때 마음을 지켜 나가는 것이 쉬운 일이 아니었습니다. 증세를 너무 자세히 묻는 것을 꺼리는 환자도 있었고 상담이 길어지면 대기실에서 기다리던 다른 환자들이 가 버리기도 했습니다. 환자에게 되풀이해서 병을 설명하다 보니 말이 빨라지고 감정 없이 교과서 읽듯 말하게 되기도 했습니다.

어릴 때 만났던 피부과 의사들이 이해가 되기 시작하더군요. 의사도 인간이니 환자를 사무적으로 대하려는 의도만 있었던 것은 아니었겠지 하고 말입니다. 흐트러지는 제 모습을 볼 때마다 '충분히 묻고 들어주리라', '눈으로 세심히 살피고 병을 탓할지라도 환자를 탓하지는 않으리라' 다짐해 봅니다. 병이 나쁜 것이지 병을 '그 지경'까지 몰고 간 환자가 나쁜 것은 아니니까요.

환자와 보호자 사이
마음의 거리

65세, 지금 시대에는 노인이라고 할 수 없는 나이. 아내는 자식들에게 빼앗긴 지 오래다. 맞벌이하는 자식들을 위해 아내를 자식 집으로 보냈다. 나이 들어 홀아비 신세가 되었지만 아내가 한 달에 한 번은 내려와 반찬도 해 놓고, 청소도 해 주고 가니 그럭저럭 지낼 만했다.

그렇게 7년이 흐르고 나니 떨어져 지내다 가끔 얼굴 보는 것이 익숙해졌다. 5년만 더 일하고 딱 칠십이 되면 자식 옆으로 가 살아야지, 하고 결심한 터라 이런 생활에 크게 불만이 없다. 딸과 사위가 주말이라 사돈댁에 왔다고 전화가 왔다. 딸은 시댁 온 김에 들렀다 가기도 하지만 대부분은 곧장 돌아가기 바쁘다. 그러니 오면 오나 보다, 안 오면 바빠서 올라갔나 보다 한다.

아침에 소파를 들어 옮기려다가 엉덩방아를 찧었다. 그저 살짝 주저앉았다 싶었는데 일어날 수 없었다. 그길로 응급실에 눕게 되어 시댁에 내려와 있는 딸에게 전화를 걸었다.

압박골절, 그것이 병명이다. 4주나 입원해서 치료를 받아야 하고, 허리를 움직이면 안 되고, 일어서도 안 된다는 의사의 소견. 그래서 대소변도 받아 내야 한다고 했다. 누가 내 옆에 있을 것인가? 딸 내외는 내일 출근해야 하고 손주들을 두고 아내가 내려와 간병을 할 수도 없는 상황이다. 그래서 구급차를 타고 울산에서 경기도 일산 딸네 집 근처 병원으로 왔다. 7년이나 먼저 이곳에 와서 사는 아내는 손주들을 돌보며 텃밭도 가꾸고 잘 살고 있었다.

내가 입원하고 나서부터 아내의 생활은 깨지기 시작했다. 누워서 밥을 먹어야 하니 병원 끼니때마다 수발하러 왔고, 소변을 받아 내기 시작했다. 당황해서 그런지 사흘 동안 대변을 보지 못했다. 옆에 누워 있는 나와 비슷한 상태의 환자도 입원하고 나흘만에 대변을 보았다고 하니 기다려 볼 일이다. 그러나 멀쩡히 누워 아내에게 대변을 받아 내라고 하는 것이 싫다. 그냥 싫다. 이런 것까지 고생을 시킨다 생각하니 미안한 마음도 있지만 떨어져 지낸 7년이 우리를 그만큼 어색한 사이로 만들었는지도 모른다. 자식들은 간병인을 구하자고 하지만 낯선 사람이 옆에서 간호하는 것은 더욱더 싫다.

화가 나고 어떻게 일을 풀어 가야 할지 모를 때, 가끔 상대방 처지에서 글을 써 보곤 합니다. 그렇습니다. 윗글은 사고를 당한 아버지 마음으로 제가 써 본 글입니다.

아버지는 정말 건강한 분이었습니다. 감기는 몇 년에 한 번 걸릴까 말까 해서 약을 먹지 않아도 금방 나았고, 혈압약이나 당뇨약처럼 오랫동안 늘 약을 먹어야 하는 지병도 없었습니다. 건강한 체질을 타고나기도 했지만 몸에 좋다고 하는 먹을거리에 돈을 아끼지 않았고, 제가 한의사가 된 다음부터는 보약도 종종 드셨습니다.

한의사 딸 덕분에 건강하다는 이야기를 듣기도 했지만 누구에게나 건강은 영원한 것이 아닙니다. 갑작스럽게 벌어지는 사고를 누가 막을 수 있을까요? 아버지는 그저 소파 위치를 조금 바꾸고 싶어서 살짝 들어 옮기려다가 바닥이 미끄러워 넘어졌습니다. 청소를 할 때도 자주 들던 소파인데 그날따라 바닥이 유난히 미끄러웠고, 넘어지면서 허리뼈가 바닥에 꽂히는 느낌이었다고 합니다. 순발력으로 대처하기에는 아버지 연세가 많았고, 뼈는 충격을 흡수할 만큼 튼튼하지 않았습니다. 딸이 한의사니 압박골절에 무언가 처치를 해 줄 줄 알았던 아버지는 실망하셨습니다. 병원에서도 진통제만 주고 기다리라고 했습니다.

압박골절 치료법은 움직이지 않는 것입니다. 예순이 넘은 노인들은 살짝 엉덩방아만 찧어도 골절로 이어지는 경우가 많습니다. 골밀도가 낮기 때문입니다. 척추 몸통 부분이 망가진 정도에 따라 심할 때는 수술을 하지만, 가벼울 경우에는 꼼짝 않고 누워 있는 것이 가장 좋은 치료법입니다. 너무나 심하게 아픈데, 대변 보러 화장실에 가고 싶을 때 안 아프게 하는 묘약은 한의사인 제게도 병원에도 없었습니다.

아버지는 입원한 지 일주일이 지나, 의사가 말리는데도 끊어질 것 같은 허리를 부여잡고 화장실에 혼자 가서 대변을 보았습니다. 변을 누군가에게 받아 내게 하지 않고 스스로 해결하려는 것은 허리 통증을 참아 낼 만큼 지키고 싶은 자존심이었습니다.

"압박골절은 누워 있어야 빨리 낫는다고! 그냥 누워서 변을 봐
야 한다니까, 왜 그래!"

저는 화를 냈습니다. 나를 중심으로 잘 돌아가던 세계에서 아
버지를 마치 불청객인 것처럼 대했습니다. 아버지의 자존심은 전
혀 생각하지 않은 채 말입니다. 한의원에 온 환자는 아무리 고집
을 부려도 친절히 대하려고 노력하고, 고통을 이해하려고 애쓰면
서 왜 아버지한테는 그렇게 하지 못했을까요? 어머니를 아버지에
게서 빼앗아 와서 이런 일이 생긴 것은 아닐까 하는 죄책감과, 명
색이 한의사인데 아버지한테 아무것도 해 줄 수 없는 무력감이 화
의 원천이었습니다.

발목을 삐끗한 노인 환자를 한의원에 데려왔던 보호자가 떠올
랐습니다. 그 환자분은 한의원에 가끔 오던 분이었는데 심심해서
백화점 청소 일을 하던 분이었습니다.

"누가 돈 벌어 오랬어! 집에 가만히 있었으면 이런 일 없잖아.
다쳤으면 말을 해야지, 그러고 일주일이나 일을 더 다니고 말이
야! 원장님, 저희 어머니가 이런 사람입니다. 일하지 말라고 따
끔하게 이야기해 주세요."

보호자는 화를 내며 제게 말했습니다.

"어떻게 의사 앞에서 어머니 자존심은 하나도 생각하지 않고 화
만 내세요. 어머니가 민망해하시잖아요. 보호자분은 앞으로 안
다칠 자신 있나요?"

저는 환자로 온 노인 편을 들며 이야기했습니다. 보호자는 기분

나빠 하며 나가 버렸습니다.

그런데 제가 직접 겪고 보니, 그 보호자 마음이 이해가 됩니다. 보호자는 자기 어머니한테 화가 난 게 아니라, 스스로 해결하기 곤란하고 어찌해야 할지를 몰라 당황스러운 마음을 화로 드러낸 것입니다.

아버지가 입원하면서 식구들 모두에게 변화가 필요했습니다. 병원 아침 식사 시간에 맞추어 어머니는 병원으로 가고, 저는 아이들을 챙겨 유치원에 보낸 뒤 출근했습니다. 퇴근길에는 아버지 병원으로 도시락을 싸 가서 식구들이 함께 병원에서 저녁을 먹었습니다. 그렇게 서로가 양보하고 아버지를 돌보는 일이 일상에 스며들고 나니 짜증도 화도 나지 않았습니다.

아버지는 퇴원 뒤 한 달 동안 우리 집에 머물면서 뼈 건강에 좋은 탕약도 드시고 충분히 쉬다가 고향으로 내려갔습니다. 아버지는 몸이 마음처럼 따라 주지 않는 것을 느꼈는지 "노인이 되어 가는구나" 하고 혼잣말을 하셨습니다.

아버지 일은, 한의사가 환자를 대하는 마음과 환자 보호자가 환자를 대하는 마음을 고민하게 해 준 기회가 되었습니다. 하지만 다시는 환자 보호자가 되고 싶지 않습니다.

한의사가 되려면

수능시험이 백일 앞으로 다가오면 수험생을 둔 부모들이 총명탕을 챙겨 주려고 많이 찾아옵니다. 어릴 때부터 보아 왔던 아이들이 고등학교 3학년이 되어 나타나면 "멋진 청년으로 자랐네!" 하며 칭찬은 해도 공부 이야기는 꺼내지 않습니다. "공부 잘하고 있지?"라는 말이 모든 고등학교 3학년 아이들에게 듣기 좋은 소리일리 없으니까요. 또 수능시험을 보지 않는 아이도 많고, 학교를 다니지 않는 아이도 있으니까요. 부모도 아이도 예민한 시기라, 하는 말을 잘 들어 주고, 아이 체질에 맞게 총명탕을 처방할 뿐입니다.

총명탕은 '복신', '원지', '석창포' 세 가지 약재로 이루어진 한약입니다. 원지의 한자는 멀 원遠, 뜻 지志로 약재 이름만 들어도 '원대한 뜻'을 이룰 것 같습니다.《동의보감》에 오래 복용하면 하루에 천 마디 말을 외울 수 있다고 해서 수험생에게 꼭 필요한 약처럼 느껴집니다.

하지만 수험생에게 세 가지 약재만으로 탕약을 지어 주기에는 왠지 정성이 부족한 느낌이 들지요. 한의원마다 처방은 다르겠지만 모든 한의원이 세 가지 약재만 쓰지는 않습니다. 원기 회복이나 면역력 강화에 도움이 되는 보약에 이 약재를 추가하여 총명탕이라는 이름으로 처방을 합니다.

총명탕을 처방했던 환자 가운데 유난히 기억에 남는 아이 하나가 있습니다. 5년 전, 중학교 1학년인 아이가 학교 숙제로 직업 조사를 해야 한다며 찾아왔습니다. 온 식구가 우리 한의원을 다녔고 할머니가 자주 칭찬하던 아이였습니다. 중학교 1학년답지 않은 진중함으로 부모님 걱정을 시키지 않는 모범생이라 그저 숙제만 하려고 온 것 같지는 않았습니다. 한의사라는 직업에 대해 진지하게 궁금해하는 것 같아 인터뷰를 했습니다. 아이가 한 첫 질문은 이랬습니다.

"한의사가 되려면 한자를 많이 알아야 하나요?"

"우리가 가장 잘 아는 한의학 책 동의보감도 한자로 쓰여 있으니 알아야겠지. 하지만 요즘은 우리말로 번역한 책도 많이 나와서 필수사항은 아니야."

"수학을 잘해야 하나요? 아니면 국어를 잘해야 하나요?"

물음이 신선했습니다.

"한의대는 자연 계열에서 모집을 해서 수능시험에서는 수학 점수가 더 중요해. 수학, 과학, 생물 같은 과목을 공부해야 한의대 원서를 쓸 수 있지. 하지만 가장 중요한 것은 글을 읽고 해석하는 능력이야. 동양의학의 뿌리가 동양철학에서 온 게 많거든. 과학적 사고보다 철학적 사고가 더 필요하다고나 할까."

이번엔 제가 아이에게 물었습니다.

"거꾸로 선생님도 너한테 궁금한 게 있어. 한의사가 되고 싶어서 조사를 하는 거지? 어떤 한의사가 되고 싶어?"

"예, 사람을 치료하고 도와주는 그런 일을 하고 싶어요."

"사람들하고 이야기하는 것은 좋아하니? 한의사는 공부도 잘해야 하지만 그보다 사람을 좋아해야 하거든."

"잘 모르겠어요. 책 보는 건 좋아해요."

올여름, 고등학교 3학년이 되어 찾아온 아이에게 아직도 한의사가 되고 싶은지는 묻지 못했습니다. 그저 부모에게 "수험생 바라지가 힘드시죠?"라고만 했습니다. 5년 전 아이의 꿈이 지금까지 이어지고 있을지, 현실의 벽이 높아 힘들어하는 것은 아닐지 참 궁금합니다.

수능시험 한 번으로 인생이 결정되지 않는다는 조언조차 잔인한 말이 될 수 있습니다. 지켜보며 조용히 기다리는 것이 어른들이 할 일입니다. 총명탕이 아이가 최선을 다해 노력하는 데 도움이 되기를 바랄 뿐입니다.

음식이지만 약,
약이지만 음식

저는 맏이입니다. 어머니는 제게 가장 좋은 음식을 주려 했지만 그런 정성도 모르고 저는 참으로 안 먹는 아이였습니다. 어머니는 뭐든 잘 먹지 않는 제게 1970년대 집안 형편으로는 사치인 바나나를 사 주었습니다. 지금은 그 사랑이 제 아이들에게 이어져서, 된장국에 현미밥에 유기농 고기까지 잘 챙겨 주십니다.

어머니는 더 건강한 음식을 만들려고 사찰 음식을 배우고 유기농 음식점과 채식 음식점을 찾아다녔습니다. 그러면서 암환자가 찾는 음식이나 발효 음식을 다루는 분들을 알게 되었습니다. 어머니는 한의사인 저를 음식으로 건강하게 해 주셨습니다.

'음식과 약은 근원이 같다'는 말처럼 음식을 다루는 사람과 건강을 다루는 사람은 어찌 보면 같은 직업군인 듯합니다.

70대 환자가 집에서 '우슬'을 물로 끓여 먹고 싶다고 하셨습니다. 시골 사는 지인이 우슬 1킬로그램을 보내 줬다면서요. '소의 무릎'이

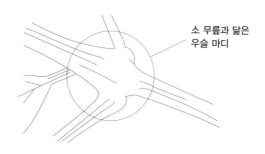

소 무릎과 닮은
우슬 마디

라는 뜻을 가진 우슬은 무릎에 좋다고 알려져 있습니다.

"택배 받고 우슬만 끓이려니까 단맛이 없어서 시장에서 감초를
사 왔지. 그렇게 먹어도 괜찮지요? 원장님!"

"우슬을 주전자에 얼마나 넣으셨어요?"

"한 주먹 넣었지. 한 되짜리 주전자라 색깔이 그리 진하지는 않
더라고."

한 되면 1,800밀리리터입니다. 거기에 우슬 한 주먹이니 30그램
쯤 될 테고, 감초도 한 주먹 넣었을 것이고, 끓다 보면 물이 줄어들
었을 것입니다. 머릿속으로 계산을 하고 환자에게 말했습니다.

"끓이고 나서 연하게 드시는 게 좋아요. 우슬은 반 주먹만 넣으
시고요. 좋은 약도 너무 진하면 신장이나 간이 힘들어해요. 그리
고 감초보다는 생강, 대추를 조금 넣는 게 더 좋겠어요."

왜 반 주먹이라는 계산이 나왔는지 궁금하지요? 보통 약 한 제는
스무 첩입니다. 한 첩에 들어가는 약재량은 한약재마다 다르지만
보통은 4그램입니다. 그러면 한 제에 80그램이지요. 보통 한 제를
하루에 세 번, 15일에서 20일 동안 먹습니다. 사람마다 흡수 능력

이 달라 몸무게, 나이에 따라 하루에 두 번 25일 먹기도 합니다만, 하루 세 번 15일로 치면 마흔다섯 봉지입니다. 한 봉지에 120밀리리터이니 5,400밀리리터입니다. 탕약에 한 가지 약재만 들어가는 것은 아니어서 약재 80그램을 끓여서 모두 5,400밀리리터를 얻어야 한다는 계산이니 약재 한 가지의 농도 기준이 이렇다는 말입니다. 그러면 한 되들이 주전자에는 대략 반 주먹인 15그램을 넣고 끓여서 1,000밀리리터 정도 우슬물을 얻어 내는 것이 좋다는 계산이 나옵니다. 이런 복잡한 계산을 설명하는 것보다는 '반 주먹'이라는 말이 더 알아듣기 쉽지요.

탕약 처방전에는 '강삼조이薑三棗二'라는 말을 흔히 씁니다. '생강 세 조각에 대추 두 알'을 넣으라는 말입니다. '약방에 감초'라는 속담이 있어 모든 약에 감초가 들어갈 것 같지만 강삼조이가 더 흔히 들어갑니다. 생강은 약의 독성을 풀어 주고 대추가 약맛을 부드럽게 만드는 역할을 합니다. 이렇게 생강은 해독 작용을 합니다. 물고기나 게를 먹고 생긴 구토와 설사에도 해독 작용을 한다고 알려졌습니다. 설명하면 할수록 만병통치약 같습니다.

단점은 없을까요? 생강은 약보다는 음식에 가깝습니다. 그만큼 약성이 강하지 않다는 말이지요. 한의사들이 쓰기에는 약성이 약하더라도 음식으로 쓰기에 딱 좋은 재료입니다. 약효는 있지만 강하지 않으니 잘못 사용하더라도 부작용이 적으니까요.

60대 환자가 탕약을 짓고 싶다면서 자기 약에 꼭 넣어 달라고 대추를 가져왔습니다.

"탕약을 먹고 싶은데 요즘 중국산이 판을 치잖아요. 이 대추는

저희 선산에서 딴 거거든요. 대추는 이걸로 해 주시고요, 비싸도
되니까 나머지 약재도 국산만 써 주세요."

"중국산 말고 베트남산은 어떠세요?"

"우리나라로 들어오는 과정에서 방부제 넣으니까 그냥 국산으
로 다 해 주세요."

"필요한 약재가 우리나라에서 안 나는 것도 있어요."

"아니, 우리나라 약재가 아닌 걸 동의보감에서 사용했어요?"

중국 처방은 우리 몸에 맞는 처방과 다른 약재를 많이 씁니다.
중의학이 우리나라에 들어오면서 토종 약재로 바뀌거나 대체 약
재로 바뀐 경우가 많습니다. 그런데 약효 면에서 토종 약재가 원
래 약재보다 약성이 약한 경우가 있습니다. '녹용'만 해도 국산보
다 러시아산을 더 높게 평가합니다. '창출'과 '백출'은 중국에서는
기원이 다른 약재지만 우리나라에서는 창출이 백출을 대신하기도
합니다. '약방에 감초'인 감초도 국산보다 베트남산 질이 더 좋다
고 평가합니다.

"약재를 다 국산으로는 못 쓰지만 최대한 쓰고요, 정말 필요한
것은 외국산이더라도 할 수 있는 한 깨끗한 것으로 구해서 쓰고
있어요. 또 요즘 의약품으로 쓰는 약재는 잔류 농약 검사가 철
저해서 농약이 많은 약재는 수입조차 안 돼요. 걱정 마세요."

환자가 안심하도록 이야기했지만 처음부터 이런 말조차 하지
말걸 그랬나 생각한 적도 많았습니다. 그래도 알리고 설득하는 것
이 올바른 한약 복약지도입니다.

'국산 유기농 생강'이라는 말에는 종자가 토종 종자인지 외국

종자인지는 설명이 안 되어 있습니다. 종자와 관계없이 국내에서 유기농으로 재배했다면 우선 깨끗한 먹을거리는 맞습니다. 하지만 토종 종자와 외국 종자를 텃밭에 심어 보니, 외국 종자 생강 크기가 크고 즙이 많았습니다. 토종 종자는 쓴맛이 강하고 즙이 잘 나지 않습니다. 그래서 탕약에는 토종 종자를, 음식에는 외국 종자를 쓰기로 했습니다.

탕약을 달일 때는 물 양, 약재 용량, 약재의 기원을 꼼꼼히 따집니다. 요리사들이 신선한 고기와 채소를 고르고, 다듬고, 조리 시간을 지키고, 향과 맛을 살려서 음식을 만들어 내는 과정과 비슷하지 않은가요? 약보다는 밥이 보약인 시대, 먹을거리만으로 건강을 챙길 수 있는 시대가 오면 좋겠습니다.

'명약'이라는
이름

날이 추워지기 시작하면 '손발이 차요, 무릎 아래로 다리가 차고 멍해요, 등이 시려요'처럼 '찰 한寒'이라는 한자와 연관된 병으로 오는 분들이 많습니다. '몸이 차면 따뜻하게 해야 한다'는 생각이 한의학의 원리 가운데 하나입니다. 음기가 많으니 양기를 불어넣어 주는 것입니다. 하지만 한의학은 그저 음양으로만 끝나지 않습니다. 몸에 양기는 있으나 음기가 한곳으로 쏠려 음양이 조화를 이루지 못해 찬기가 느껴지는 경우도 있고, 몸에 양기가 하나도 없어서 찬 경우도 있습니다. 또 환자는 '차다, 시리다'고 말하지만 실제로 허리를 통과하는 신경이 눌려 다리 감각신경이 무뎌져서 멍한 느낌을 차다고 말하기도 합니다.

다리가 시려서 발목부터 무릎까지 오는 토시를 끼고 온 환자가 있었습니다. 특이한 점은 한쪽 다리만 시리다는 거였습니다. 그런데 아주 고운 실로 손수 뜬 토시를 해서 바지를 올리기 전까지는 토시를 했는지 알 수 없었습니다. 올겨울은 다리가 시리지 않았으면 좋겠다며 바지를 무릎까지 올려 보여 주었습니다.

"3년쯤 되었는데 해가 갈수록 더해요. 혈액순환이 안 돼서 그런가 싶어 약도 먹어 봤는데 효과가 없어요. 첫해는 겨울이라 추워서 그런가 하고 넘겼는데 지난해에 너무 고생해서 토시를 만들어 꼈어요. 올해는 벌써부터 겁이 나네요."

"허리는 안 아프세요?"

"무리하면 좀 뻐근하지만 많이 아프지는 않아요. 원장님 보기에 허리 때문인 것 같나요?"

한쪽 다리만 시린 경우는 대부분 허리가 원인입니다. 양쪽 다리가 붓고 시리면, 모두 그런 것은 아니지만 하지정맥 혈액순환이 문제인 경우가 많고요. 이분은 한쪽 다리에만 토시를 하고 와서 허리를 의심할 수밖에 없었습니다. 그래서 허리 통증이 있는지 물었지요. 보통은 이렇게 물으면 허리 디스크 수술을 한 적이 있거나 허리 때문에 고생한다는 분들이 많습니다. 나이가 많은 분들은 협착증이 생기기도 하고 퇴행으로 척추가 줄어들어서 둘레 근육과 신경이 눌리기도 하고요.

"다리 시린 데에 '부자'라는 약재가 좋다고 해서 그거 들어간 탕약을 먹어 볼까 해요."

"약을 먼저 먹기보다는 침을 세 번 정도 맞아 보시지요. 평소 운동은 좀 하시나요?"

"아니요. 손주들을 돌보고 있어서 운동은 못 해요. 그래서 요즘 살이 조금 찌긴 했어요. 그런데 좀 걸으면 그날 밤에는 허리가 더 아파요."

제가 의심한 것은 '척추관협착증'이었습니다. 하지만 환자는 허리보다는 다리 한쪽이 시린 것만 생각하고 온 경우라 설명이 필요했습니다. 그래서 세 번 정도는 침 치료를 해 보자고 했지요. 첫날은 허리와 다리에 모두 침을 놓고, 허리에 따뜻한 찜질을 했습니다. 둘째 날은 시린 다리에만 침을 놓고, 찜질을 했고요. 그 환자가 세 번째 왔을 때 앞서 한 치료의 차이점과 제 생각을 말씀드렸지요.

"원장님, 허리에 침 맞고 찜질한 날 다리가 덜 시린 것 같았어요. 원장님 말처럼 허리 문제인가 보네요."

그제서야 퇴행으로 인한 협착증이 의심된다고 말씀드렸습니다. '퇴행성'은 50대 환자한테 자주 나타나지만 설명할 때는 '퇴행성'이라는 말을 잘 쓰지 않습니다. 환자 처지에서는 '나이 들어서 아픈 거다, 원인이 없다'로 들릴까 봐서요. 그래서 침 치료를 하고 충분히 설명한 뒤에야 조심스레 퇴행성이라는 말을 하지요. 심해지면 정형외과에서 엠알아이MRI 검사를 해야 할 필요가 있다고도 말씀드립니다.

"친구들도 협착증이 있는데 나이 들어 그런 거라고 수술까지는 안 하던데요! 내가 수술할 정도는 아니니 엠알아이 검사는 안 할랍니다. 그 돈으로 탕약이나 먹고 싶어요."

"협착이 심해도 증상이 없는 사람이 있고, 협착이 조금만 일어나도 크게 불편한 사람이 있어요. 침 치료든 물리치료든 받아 보고 나아지는지 지켜보세요. 이렇게 허리가 원인으로 다리가 시린 경우는 부자보다 허리에 좋은 '두충'이나 '속단'을 많이 쓸

니다. 하지만 약보다는 걷기 운동을 해서 예전 몸무게로 돌아가
도록 노력하면 좋을 것 같아요."

그 환자는 부자가 들어간 약을 먹지 못했습니다.

30대 초반 여성 환자가 손발이 시려서 왔습니다. 얼굴도 희고
파리해서 최근에 아이를 낳았는지 물었습니다.

"아이를 낳은 지 반년이 지났는데 예전부터 좀 어지러워 출산
뒤 빈혈이구나 하고 그러려니 했어요. 그런데 등이랑 손발이 시
려서 산후풍인가 걱정돼요. 친정어머니가 손발 시린 데는 부자
를 넣은 약을 먹어야 한다고 해서요. 어머니가 젊을 때 그 약 한
번 먹고 지금까지도 손발 시림이 없다고 하더라고요."

"아이 낳고 생긴 증상이니 산후풍이라고 할 수 있지요. 그런데
산후풍으로 몸이 차가울 때는 부자를 쓰지 않아요. 산후풍에 좋
은 약을 드릴게요."

산후풍에 환자를 불문하고 쓰는 약재가 있습니다. 바로 '당귀'와
'천궁'입니다. 당귀와 천궁 두 약재는 '보혈' 효과가 있습니다. 피
를 만들고 잘 돌도록 해 주는 것입니다. 아이를 낳은 뒤에는 피가
부족하니 이 두 가지 배합이 딱 적당합니다. 원래 빈혈 증상이 있
는 분이니 더욱 도움이 될 겁니다.

그런데 보혈, 즉 피를 만들고 나면 몸이 따뜻해지기도 합니다.
피는 음인데 음을 보강하니 몸에 양기가 생기는 겁니다. 음에서
양이 생긴다는 한의학 원리로 설명하면 뜬구름 잡는 이야기로 들
리기 쉽습니다. 이를테면 자동차 엔진오일을 바꾸어 주었더니 차

의 힘이 더 좋아지는 원리로 이해하면 좋겠습니다. 의학적으로는 당귀가 헤모글로빈 수치를 올려 주는 기능을 합니다. 그래서 빈혈을 막고 헤모글로빈의 산소 운반 능력이 원활해지니 신진대사도 활발해지고 환자가 추위도 덜느끼는 것입니다.

이 환자의 약에도 부자는 쓰지 않았습니다. 하지만 부자에 대한 환상을 깨지는 않았습니다. 원하는 약재가 들어갔다는 생각만으로도 병이 나아질 수 있기 때문입니다.

약재인 부자를 어찌 이리 알고 오는지 아주 신기했습니다. 한의학을 공부하기 전에는 영화 〈서편제〉에서 여주인공 눈을 멀게 했던 약재, 영조 임금이 형인 경종을 위해 진상했다가 독살설에 휘말린 약재, 사극에서 조광조와 장희빈이 마시던 사약에 쓰인 약재로만 부자를 알고 있었거든요. 그래서 학교에서 공부할 때도 약이라는 생각보다는 독이라는 선입견이 있었고 될 수 있으면 쓰고 싶지 않은 약재였습니다.

한의사가 부자를 쓸 때도 독성을 빼기 위해 '흑두'와 '감초'를 함께 넣어 아린 맛이 없어질 때까지 삶아 낸 뒤에만 쓸 수 있습니다. 또한 용량을 많이 쓰지 않는 약재입니다. 하지만 양기가 떨어져서 손발이 시린 환자에게 적당히 쓰면 효과가 매우 좋아 명의 소리를 들을 수 있는 약재가 바로 부자입니다.

두 환자가 원하는 약은 못 드렸지만 두 환자 몸이 원하는 치료는 했다고 생각합니다. 때로는 어떤 약을 쓸지 어떤 치료를 할지 고민하는 것보다, 환자에게 한의원에서 하는 치료를 믿게 하고 설득하는 과정이 더 복잡하고 힘이 듭니다.

보약 쌍화탕

> 심신이 함께 노곤하고 기혈이 모두 상한 경우, 방사 뒤 곧 힘든 작
> 업에 종사하거나 노동을 한 뒤 피로한 상태에서 방사를 했을 때, 또는
> 크게 병을 앓은 뒤에 기허하여 식은땀이 저절로 나는 것을 다스린다.

《동의보감》에 나오는 쌍화탕에 대한 설명입니다. 여기서 '방사'
란 성관계를 말합니다. 우리가 흔히 감기약이라 알고 있는 쌍화탕
의 진짜 모습은 성관계 뒤 기가 허할 때 먹는 약입니다. 기를 보강
해 주는 보약이지요. 그렇다고 방사 뒤에만 먹는 약은 아닙니다.

기가 어느 정도 허할 때인가를 이야기하다 보니, 힘들게 일하고
거기에 성관계까지 한 상태, 또는 성관계 뒤 힘든 노동을 많이 하
여 극도로 허하게 된 상태, 큰 병을 오랫동안 앓아 잘 먹지 못하고
체력이 바닥난 상태를 보강하는 보약이라고 예를 들어 설명한 것
이지 꼭 방사와 연관된 약은 아닙니다.

쌍화탕에는 생강, 대추와 더불어 일곱 가지 약재가 들어갑니다.
그 가운데 삼분의 일을 차지하는 약재가 '작약'입니다. 탕약에서
가장 많은 양이 들어가고 중요한 역할을 하는 약재를 '군약'이라
고 합니다. 임금약이라는 뜻이지요. 군약으로 들어간 작약은 지나

친 근육 쓰임으로 뭉친 근육을 정돈해 주는 역할을 합니다.

'뭉친 근육을 정돈한다'는 건 근육이 긴장되어 있을 때 피를 잘 돌게 해서 정상적인 근육이 될 수 있도록 어혈을 줄이고 풀어 준다는 뜻입니다. 이런 작약의 작용 때문에 근육이 피로하거나 근육통이 있는 몸살감기에 쌍화탕이 효과가 있습니다.

근육이 아프고 몸에 기운이 없을 때 쌍화탕을 떠올려 주세요. 감기약이라는 생각은 버리고 보약이라는 마음으로 쌍화탕 한잔 드시기를 권합니다.

참! 제약회사에서 만들어 약국에서 파는 쌍화탕에는 원방 쌍화탕 재료 이외에 감기에 좋은 약재를 첨가해서 만듭니다.

수분이
필요해

평소 얼굴에 스킨, 로션 정도만 바르는데 피부가 땅기기 시작하는 건조한 계절이 오면 뭐든 찾아서 하나를 더 바릅니다. 피부가 땅기는 느낌이 들면 간지럽고, 간질간질한 곳을 손으로 한두 번 만지다 보면 피부가 일어나 어느새 얼굴이 빨갛게 변합니다. 피부에 수분이 필요한 계절이 온 거지요.

이렇게 건조한 계절이 되면 단연 아토피 환자들이 많이 옵니다. 땀이 많이 분비될 때 발병하는 아토피나 음식 때문에 발병하는 아토피처럼 여러 아토피 환자가 있습니다만, 건조해서 발병하는 아토피 환자 이야기를 할까 합니다.

모든 병은 한 가지 원인만 있는 것이 아닙니다. 그래서 땀, 음식, 건조가 모두 원인이 되어 아토피가 발병하는 분도 있습니다. 그렇게 복잡한 경우는 환자 개인의 음양 균형이 깨진 경우가 많아서 일반화된 설명을 하기가 어려워 범위를 한정 지었습니다.

몇 해 전 봄에 초등학교 1학년 아이가 엄마와 함께 아토피 상담을 하러 왔습니다. 어려서 아토피 증상이 생겼다가 숲 유치원을 다니면서 완치되었다고 믿을 정도로 피부가 좋아졌다고 합니다.

　그런데 초등학교에 다니기 시작하면서 피부가 조금씩 건조해지더니 4월에는 목뒤, 눈가, 무릎 뒤가 가렵다며 아이가 긁어서 살갗이 거무스름하고 두꺼워졌습니다. 아토피에 좋다고 하는 보습제를 다 발라도 가라앉지 않아서 피부과에도 갔다고 합니다. 피부과에서는 그리 심한 아토피는 아니라고 (진물이 나거나 온몸에 올라온 게 아니어서 그렇게 이야기한 듯합니다) 하면서 스테로이드 함량이 아주 적은 연고를 처방했다고 합니다. 심하게 건조한 부위에 바르면 금방 촉촉해지지만 약을 바르지 않으면 이틀 뒤에 다시 전처럼 돌아갔다고 합니다.

　"다시 피부과를 갔더니 똑같은 연고 처방만 해 주고 아이에게 긁지 말라고만 했어요. 대수롭지 않은데 병원을 찾아왔다며, 더 심한 아이들도 많다고 보습제나 더 자주 발라 주라고만 했습니다."

　아이에게 많이 가렵냐고 물으니 말똥말똥한 눈으로 "아니요, 참을 만합니다"라고 합니다. 초등학교 1학년 아이가 어른스럽게 말해 이야기를 더 해 보고 싶었습니다. 엄마가 아이의 증상을 다 이야기해 주었지만 아이는 또다시 또박또박 자기 이야기를 합니다.

　"제가 유치원 다닐 때는 괜찮았거든요. 그리고 학교에서 친구들하고 놀 때도 안 가렵거든요. 그런데요, 자려고 누우면 가려워요. 엄마가 그러는데 제가 자다가 자꾸 긁는대요. 왜 저만 이런 거예요?"

증상을 설명하는 말에 귀를 기울여야 하는데 차분차분 이야기하는 아이가 기특해서 마냥 웃음만 지었습니다. 그런데 "왜 저만 이런 거예요?"라는 말에 가슴이 무너집니다. 초등학교 1학년이 자기 증상을 이렇게 자세하게 이야기하는 것은 쉽지 않습니다. 다르게 생각해 보면 아이가 이렇게 정확히 표현할 만큼 많은 일을 겪은 모양입니다. 엄마가 말을 돕습니다.

"가려워서 잠도 제대로 못 자서요, 몸무게가 유치원 때랑 같아요. 그리고 항상 피곤해해요. 아토피가 좋아졌으면 하고 한의원에 왔지만 크게 기대는 안 해요. 다만 아이가 잘 자고 몸무게가 늘었으면 좋겠어요. 덩치가 작아서 또래들 사이에서 치일까 걱정이거든요."

"자기 이야기를 저리 또박또박 하는 걸 보니 또래들한테 치이거나 밀리지는 않겠어요. 마신 물이 몸에 남아 피부에 전달되는 체질이 있고, 그러지 않고 소변이나 대변으로 다 나와 버리는 체질이 있어요. 한의학에서 수분대사는 일반적인 물대사와 다르게 해석합니다. 아이는 피부에 수분이 머무르지 않아 건조 현상이 나타나는 거예요. 피부과 원장님 말씀대로 보습이 문제지요. 건조할 때는 일단 촉촉하게 해 주어야 긁어서 생기는 이차적 피부 손상을 막을 수가 있어요. 어른도 가려운 걸 못 참는데 아이는 오죽하겠어요. 피부 겉면 보습은 어머니가 잘해 주실 테니, 저는 피부 안쪽 보습을 도와드릴게요."

"피부 안쪽 보습이요? 그런 것도 있나요? 아토피는 안 낫더라도 밤에 아이가 편하게만 자면 좋겠어요."

한의학의 사고 체계는 현대 과학에서 물질 구성의 기본이 되는 원자, 분자 개념이 아닙니다. 흔히 알려진 음양오행입니다. 음양오행이 전부였던 시절에 만들어진 사고방식이어서 병의 형태를 바라보는 시각이 현대의 병증 중심 해석과 견주기에는 결이 좀 맞지 않습니다. 그럼 병을 어떻게 바라보냐구요? 음양오행에 '한열', '조습', '내외', '허실'을 판단합니다.

먼저 한열, 몸이 차가운 쪽인지 열이 있는 쪽인지 구분합니다. 조습, 몸이 건조한 편인지 습기가 많은 편인지 따집니다. 내외, 병이 안에 있는지 겉에 있는지에 관한 항목입니다. 허실, 허실은 구분이 쉽지는 않지만 무언가 부족해서 생기는 병을 '허증', 무언가 지나쳐서 생기는 병을 '실증'이라 합니다. 노인들은 대체로 기력이 부족하니 허하고, 젊은 사람이 운동을 지나치게 해서 생기는 통증은 대체로 실한 편이라고 이해하면 편합니다.

이런 구분으로 환자의 증상을 사고하고 그 사고에 알맞게 약재를 배치합니다. 열을 보태어 주는 약재 '인삼', 건조를 막아 주는 약재 '맥문동' 이렇게 말입니다. 동양에서는 대대로 이런 사고 체계로 환자를 바라보고 그에 따라 치료법을 분류하여 치료해 왔습니다.

다시 아이 이야기로 돌아가면, 아이의 아토피 증상은 건조가 원인이고 가려워서 긁다 보니 손에 의한 이차적 피해로 피부가 더욱 거칠어진 것입니다. '외부의 건조', 즉 내외에서 '외', 조습에서 '조'에 해당합니다. 아이가 잠도 깊게 못 자고 식욕도 없으니 허실로는 '허'입니다.

이렇게 아이 몸의 불균형을 파악한 뒤, 허를 보해 주는 보약에 피부를 촉촉하게 해 줄 약재를 넣어 몸의 균형이 잡히도록 합니다. 몸의 균형을 맞추는 것을 환자에게는 '체질을 개선한다'고 설명합니다. '음양 균형을 맞추었다'고 하면 오천 년 전에는 설득이 되었지만 지금은 뜬구름 같은 소리로 여겨질 수 있기 때문입니다.

아이 부모님이 아이에게 한약을 먹여서 아토피를 완치시키겠다는 생각으로 온 것은 아닙니다. 그렇기 때문에 제가 더 편히 약을 지어 드릴 수 있었습니다. 음양 균형이 심하게 깨진 경우에는 약 한 번으로 뚝딱 균형이 맞춰지는 것이 아니거든요. 계속 약을 먹을 필요는 없지만 중간중간 깨진 균형을 잡아 주고, 음식이나 운동으로 스스로 체력을 기르는 시간이 필요합니다. 느리고 천천히 일어나는 변화지만, 현대 의학이 대처할 수 없는 부분을 한의학은 해 나갈 수 있습니다.

제2의 인생

50대 초반 환자가 손가락이 아파서 왔습니다. 딸아들 모두 출가했고 시어머니를 모시고 살지만 시어머니가 워낙 부지런해서 집안일을 많이 도와준다고 했습니다. 결혼한 딸도 가까이 살아서 세 모녀가 우리 한의원을 다니게 되었고 자주 들렀습니다. 손가락이 아픈 까닭은 늦게나마 기술을 하나 배워 볼 생각으로 미용 학원을 다니기 때문이라고 합니다.

"안 쓰던 손을 기술적으로 미세하게 써야 하니 손이 아프지요. 실기시험 끝날 때까지는 아프더라도 침 치료 받아 가면서 열심히 하셔야겠네요."

"괜히 시작했나 싶기도 한데 집에만 있으려니 심심하기도 하고 할 일도 없고."

"50대 초반이니 새로운 일에 도전해 보서도 좋지요."

그렇게 며칠을 환자분 손에 침을 놓다가 눈이 충혈된 것을 보았습니다. 처음에는 파마 연습을 해야 하니 손뿐 아니라 눈에도 힘이 들어가나 보다 했는데 갈수록 심해져서 안구염이 의심되었습니다.

"눈이 빨갛게 되도록 연습을 하셨어요? 손이야 제가 치료해 드리면 되는데 눈은 안과에 한번 가 보세요."

"아, 원장님. 내가 병이 하나 있어. 뭐라더라 이름은 잘 모르겠는데 그 병이 눈이 빨개진다고 하더라구. 요즘 미용 시험 신경 쓰느라 약도 잘 안 먹고 해서 증상이 더 나타나나 봐. 그런데 나는 하나도 안 불편해. 보는 사람마다 눈이 빨갛다고 해서 그 소리가 듣기 싫지. 그리고 의사는 약 잘 챙겨 먹으라고 하는데 내가 보니까 약 먹으나 안 먹으나 별 차이가 없어."

지병이 있는데 대수롭지 않다는 듯이 말합니다. 꾸준히 약을 먹어야만 하는 질환 가운데 눈이 빨개지는 게 뭐가 있는지 제 머릿속은 복잡한데 환자분은 아무 일 아니라는 듯 표정이 온화합니다. 병명을 기억 못 할 정도이니 환자 스스로 심각하게 느끼는 병은 아닌 모양입니다. 그래도 혹시나 싶어서 물었습니다.

"병 이름이 베체트는 아니지요?"

"맞아, 그거야. 이름 들으니 알겠네. 영어 이름이라 기억하기 힘들어."

순간 눈앞이 깜깜했습니다. 한의원에 베체트병 환자가 오는 경우는 잘 없습니다만, 베체트병은 의학 서적에는 꼭 나오는 만성염증질환입니다.

눈보다는 입안에 궤양이 자꾸 생기고, 성기 부위에도 생깁니다. 때에 따라서는 눈 안에 염증이 발생해서 시력을 잃을 수도 있는 질환입니다. 스테로이드 제제를 써서 완치보다는 증상 완화에 중점을 두고 치료한다고 배웠고, 시력을 잃을 수도 있기 때문에 심각한 병으로 알고 있었습니다. 물론 베체트보다 심각한 병도 많지만 제 기준에서는 후천적으로 앞을 보지 못한다는 것은 굉장한 불편을 겪게 되는 일이니 꽤 심각한 병으로 기억했습니다.

"정말 베체트예요? 약을 꾸준히 드셔야 하는 병으로 알고 있는데……."

놀란 마음을 최대한 누르고 말했습니다.

"제가 젊었을 때부터 그랬는데 약 좀 안 먹어도 괜찮아요. 걱정 마세요."

오히려 환자분이 저를 안심시켰습니다. 그러고서 한의원 진료프로그램을 보니 '희귀난치환자' 버튼이 켜져 있습니다. 이 프로그램은 의료보험 심사평가원과 연결되어 있어서 환자 정보를 확인할 수 있습니다. 중증암, 중증화상, 중증치매 버튼도 있어서 환자 치료에 참고하라고 알려 주지만 정확한 병명이나 부위는 알 수 없습니다. 다만 그 질환과 관련된 치료라면 환자에게 물어서 병명을 입력할 수 있습니다. 병원 치료와 관련이 없고 환자가 말하지 않으면 병명을 정확히 알 수는 없습니다.

이 환자분이 베체트로 인한 관절통으로 한의원에 왔다면 희귀난치환자로 등록할 수 있습니다. 하지만 이분은 반복적 손동작으로 생긴 관절통으로 왔습니다.

"제가 걱정이 많은 사람이라서요. 베체트가 쉬운 병은 아니라고 배웠거든요. 눈 때문에라도 약은 잊지 말고 드세요."

40대 후반 남자 환자가 아내와 함께 한의원에 왔습니다. 남자 환자 혼자 원장실에 들어온 뒤, "원장님 제가 암 환자인 거 아내에게 말하지 말아 주세요"라고 합니다. 허리가 아파서 온 분인데 암 이야기는 왜 하나 싶었지만 그리하겠다고 했습니다. 아내가 뒤늦게 들어오는데 얼굴에 걱정이 가득했습니다.

"저희가 신혼여행을 다녀왔어요. 그런데 오빠(남편을 이리 불렀습니다)가 바다에서 바나나보트 타다가 허리를 다쳤거든요. 돌아오는 비행기 안에서 엄청 힘들어했어요. 내일이면 출근해야 하기든요."

"신혼여행에서 못 쉬셨겠네요. 치료실에서 한번 보겠습니다."

"꼭 오늘 나을 수 있게 해 주세요. 그리고 제가 집에서 무얼 해 주면 빨리 나을까요?"

"보고 말씀 드릴 수 있지만 찜질을 해 주시면 좋을 것 같아요."

다음 날 혼자 온 환자 이야기를 들어 보니 4년 전 대장에 작은 암이 발견되어 수술을 받고 그 뒤로 정기검진을 받고 있었습니다. 암이 초기에 발견되고 크기도 작아서 의사도 걱정하지 않아도 된다고 했답니다.

암 환자로 한 번 등록이 되면 의료계 종사자들이 볼 수 있는 진료 프로그램에 5년 동안 기록이 남습니다. 지난 4년 동안 환자분 스스로는 암 환자라고 생각하지 않았는데 가는 병원마다 "암 환자로 등록되어 있네요" 하는 말을 들었답니다.

"그 말이 얼마나 듣기 싫은지 아세요? 저야 한 번 듣고 나서 의사니까 묻나 보다 하지만 막 결혼한 아내는 얼마나 놀라겠어요.

그래서 첫날 암 이야기를 하지 말아 달라고 한 겁니다."

"그러셨군요. 허리 아픈 분들에게는 암 환자로 등록되어 있어도 저희는 잘 안 물어요. 특히 암과 허리 통증이 연관이 없을 경우에는요."

"암 진단 받은 뒤로 식습관도 바꾸고 삶을 다르게 살려고 노력했거든요. 그래서 결혼도 한 거구요. 그런데 결혼을 하니 제 걱정을 하는 사람이 하나 더 늘더라구요. 걱정시키고 싶지 않아서, 5년 지나면 암 환자 등록 표시가 없어진다길래 그 뒤로 병원에 다니려고 했는데 갑자기 허리가 아파서 오게 되었네요."

젊은 분들은 스스로 먼저 암 환자임을 말하는 경우가 많습니다. 제가 이야기를 꺼내더라도 마음 편히 말해 주는 분들이 많고요. 하지만 나이가 많은 분들은 자기가 암 환자라는 사실을 모르는 경우가 많습니다. 암 치료가 큰 의미 없는 나이면 보호자인 자녀분들이 암 진단 사실을 알리지 않기도 하거든요. 마음이라도 편하시라고요. 그래서 어르신들에게 '암 환자' 이야기는 금기어일 수 있습니다. 이 환자분이 먼저 부탁하지 않았다면 아내 앞에서 제가 큰 실수를 할 뻔했습니다.

병을 앓고 나서 다르게 살아야겠다고 마음먹은 분에게는 그 병이 지우고 싶은 기억입니다. 둘레에서 그 병을 몰랐으면 좋겠고, 괜히 알려서 걱정을 끼치고 싶지도 않습니다.

평생을 안고 가야 하는 만성병이 있는 분은 한의사가 호들갑을 떨든 말든 하고 싶은 일을 새로 시작하는 데 두려움이 없습니다. 두 분 모두 새롭게 시작하는 삶이 순조롭기를 바랍니다.

혈자리와
양궁 과녁

아이가 한의원에 들어오자마자 웁니다. 자기 손을 꼭 숨기고 엄마 손에 끌려와 눈물을 펑펑 쏟아 냅니다.

"원장님! 어제 아이가 급체를 해서 얼굴이 하얗게 질리길래 제가 손을 다 따 주었거든요. 시꺼먼 피가 나왔어요. 엄청 체했던 거지요? 오늘 침 한번 맞히고 학교에 보내려구요."

"손 한번 이리 줘 볼래?"

맥을 짚으려고 손을 달라고 했지만 아이는 계속 손을 숨기고 울기만 합니다.

"선생님은 피 안 뽑을게. 어제 체해서 따는 바람에 손가락 많이 아팠나 보네."

맥을 보니 체기는 없었습니다.

"어머니, 아이가 침이 무서워서 가라앉던 체기도 다시 도지겠어요. 오늘은 약만 먹이고 쉬게 하면 될 것 같아요."

"선생님! 한 번 더 따 주시면 안 되나요? 아니면 제가 집에서 애 붙들고 한 번 더 따도록 자리라도 알려 주세요. 어제는 손가락 끝부분을 바늘로 찔러서 피를 뽑았는데, 남편이 인터넷 찾아보고는 손톱 위 어디라고 해서요."

"손톱 근처입니다만 아이들은 바늘이 무서워서 울다가 음식을 토하기도 해요. 다음에는 억지로 따기보다는 손과 발을 많이 만져 주시고 소화제 먹이세요."

체하면 보통 바늘로 손을 찔러서 피를 냅니다. 그래서 한의원에 와서 열 손가락 다 피를 뽑아 달라고 부탁하는 분도 있습니다. 이렇게 바늘이나 뾰족한 침으로 피를 나게 만드는 방법을 '자락법'이라고 합니다.

우리 몸에 있는 혈자리는 365개로 알려져 있습니다. 12개 경락 위에 있는 혈입니다. 큰 고속도로 12개 위에 휴게소가 365개 있다고 볼 수 있습니다.

그런데 고속도로 밖에도 휴게소가 있습니다. 그런 혈을 경락 밖에 있는 혈이라는 뜻으로 '경외기혈'이라고 합니다. 그 가운데 '십선혈'이 있는데 열 손가락 끝부분에 피를 내는 자리를 말합니다. 모든 급성질환, 구토에 쓰이는 혈입니다.

12개 경락 가운데 여섯 경락은 손에서 시작하거나 손에서 끝이 나고, 다른 여섯 경락은 발에서 시작하거나 발에서 끝이 납니다. 그리고 팔꿈치와 무릎관절 아래로는 경락 위에 다섯 개 치료 혈인 '오수혈'이 있습니다. 그 다섯 개는 정혈, 형혈, 수혈, 경혈, 합혈입니다.

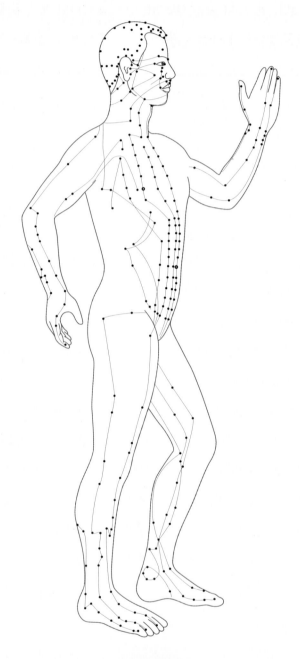

우리 몸의 혈자리

윗배가 꽉 찬 느낌일 때 효과가 있는 혈이 있습니다. 엄지에 있는 정혈인 '소상혈'입니다. 자리는 엄지손톱 바깥쪽 뿌리 모퉁이, 그러니까 집게손가락에서 먼 쪽에 있는 뿌리 모퉁이입니다. 그곳에 침을 놓으면 환자들이 아파서 소리를 지릅니다. 잠깐 피를 뽑으려고 찔러도 손톱 뿌리와 손가락뼈에 가까워 많이 아픈 자리입니다.

아이 엄마는 경외기혈인 십선혈 자락을 한 뒤에 한의원에 왔고, 아이 아빠는 인터넷 검색으로 소상혈에 자락을 해야 한다고 알게 된 겁니다.

혈자리는 양궁 과녁과 같습니다. 10점짜리에 들어가면 가장 효과가 좋지만 5점짜리, 2점짜리 자리도 효과가 없는 것은 아닙니다. 하지만 아예 과녁 밖으로 벗어나면 안 되겠지요.

그래서 손을 딸 때 어떤 자리를 따야 하냐고 물으면 저는 '손가락 끝 안 아플 것 같은 살 많은 자리'라고 이야기해 줍니다. 효과가 크고 작은 차이는 있지만 어느 곳이든 침의 기운은 전달되니까요.

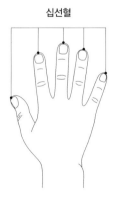

십선혈

소상혈

발에 있는 경락의 정혈 또한 발가락 근처에 있습니다. 새끼발가락에는 정혈인 '지음혈'이 있습니다. 이 혈자리는 아이를 낳을 때 아이가 머리부터 안 나오고 손이나 발이 먼저 나와서 난산일 때 쓰는 혈입니다. 그곳에 침을 놓으면 너무 아파서 거꾸로 있던 아이도 방향을 바꾸어 버린다는 혈자리입니다.

하지만 혈자리에는 아픈 혈자리보다 침을 놓았는지도 모를 만큼 아프지 않은 자리가 더 많습니다.

"어제 내가 원장님 때문에 고생을 얼마나 한 줄 아세요? 아니 왜 목요일에는 한의원 문을 일찍 닫아 가지고. 내가 갑자기 허리가 아파서 왔는데 문이 닫혀 아픈 허리 부여잡고 차 몰고 다른 한의원 찾아갔더니, 허리가 아픈데 손발에 침을 놓는 거야. 그것도 허리 아픈 사람을 의자에 앉혀 두고 말이야. 더 아파서 밤새 원장님 원망했다우."

처음 한의원을 열 때부터 다닌 환자분이 투정을 부립니다. 저에게 떼쓰는 모습으로 통증의 정도를 알 수 있었습니다.

지음혈

"많이 아프셨군요. 어떻게 한의원 십 년 다니신 분이 목요일 날 일찍 끝난다는 걸 깜빡하셨어요? 아파도 목요일에는 아프면 안 된다니까요."

저도 농을 했습니다. 치료받고 나오면서 환자분이 묻습니다.

"손발에 침 놓는 거 효과 있어요? 난 그날 하나도 효과가 없었는데 그 한의원에 환자가 엄청 많더라니까. 우리 원장님도 그런 거 한번 해 봐."

"그럼 내일부터 네 개만 놓을까요?"

"아니, 나 말고 다른 사람한테 해 봐."

이 환자가 말한 침법은 '사암침법'입니다. 앞에서 말한 팔꿈치와 무릎 아래로 분포하는 오수혈 가운데 네 곳에 침을 놓는 침법입니다. 네 곳이어서 사암은 아니고 호가 사암인 분이 경락 사이 관계를 이용해서 만들어 낸 침법이라 그렇게 부릅니다. 침을 딱 네 곳에만 놓아 치료를 끝내니 효율 면에서는 정말 좋은 방법입니다.

70대 어르신 한 분이 얼굴이 이상하다며 한의원에 왔습니다.

"얼굴에 감각이 이상해. 와사풍 같아."

"어르신, '오'라고 해 보세요. 이마에 인상도 한번 써 보세요. 왼쪽 얼굴에 와사가 왔네요."

얼굴 말초신경이 마비되어 입 둘레 한쪽 근육이 움직이지 않고, 눈 위로 이마에 주름을 지게 할 수 없게 되는 '구안와사'를 '와사풍'이라고도 부릅니다. 뇌출혈이나 뇌경색 때문에 나타나는 현상은 아니고 단지 얼굴 말초신경에 병이 온 것입니다. 감각신경과 운동신경 모두 문제가 있기 때문에 '오' 발음에 필요한 입 둘레 한쪽 근육운동이 안 되고 감각이 떨어져서 마비가 온 쪽 얼굴이 차갑게 느껴집니다. 그래서 치료로 왼쪽 얼굴에 혈자리 자극을 합니다. 환자분은 감각이 없어 침을 깊게 넣어도 아무 느낌이 없다고 합니다.

"환자분! 오른손 이쪽으로 주세요. 오른발 양말은 제가 벗겨 드릴게요."

"손발에도 침을 맞아야 해?"

"예, 얼굴에 풍이 왔을 때 손발에도 침 맞으면 효과가 좋아요."

"아니, 얼굴은 왼쪽인데 왜 오른쪽 손에 맞아?"

"오른손에 침을 놓으면 그 기운이 몸을 한 바퀴 쭉 돌아 반대쪽 얼굴까지 가거든요."

"그런데 손하고 발은 침이 좀 아프네. 아파도 몸에 좋다면야⋯⋯."

사암침법만 쓰는 한의사가 있고, 사암침법도 쓰는 한의사가 있습니다. 저는 후자입니다. 침을 많이 놓는다고 치료가 잘 되는 것은 아니지만 기혈 순환은 빠르게 할 수 있습니다. 그래서 적당한 침 개수에 사암침 네 개를 더해서 쓰기도 합니다.

침 치료에 대해 환자는 여러 가지가 궁금합니다. 침 개수가 많아야 좋은지, 혈자리가 정확히 어디인지, 왜 어느 자리는 아프고 어느 자리는 안 아픈지도 말입니다.

한의학은 오천 년 동안 이어져 온 학문이라 다양한 침법이 있습니다. 한의사는 여러 침법을 모두 배우고 익힙니다. 그래서 환자의 체질, 증상, 질환 상태 들에 따라서 어떤 것을 쓸지 고민하고 선택합니다. 한의사마다 이런 원리로 해야지, 하고 깊이 고민하는 마음과 환자를 완치시키고 싶은 마음은 똑같지만 표현방식이 다른 거라고 이해해 주세요.

네 개의 빗장을 열어라

환자들 가운데 한의원에 와서 중풍 예방을 한다며 사관四關에 침을 놔 달라고 구체적으로 말하는 분이 있습니다. 사관은 두 손두 발에 있는 합곡혈과 태충혈을 말하는데, '네 개의 빗장'이라는 뜻입니다.

빗장 네 곳을 침으로 열어 두니 얼마나 소통이 잘되겠습니까. 공부하다가 잠이 오면 기혈 순환을 시켜 잠을 쫓기 위해 이 혈자리를 자극하는 분도 있고요.

한마디로 민간에서 많이 사용하는 기혈 순환 만병통치 혈자리인 거지요. 그만큼 사관혈의 효능을 다루는 논문도 많습니다.

한 논문을 보면, 정상적인 위장 운동을 하는 상태에서는 사관혈에 침을 놓아도 위에 별다른 영향이 없다고 합니다. 그러나 약으로 위장 기능을 떨어뜨린 뒤 사관혈에 침을 놓으면 위장 기능이 항진된다는 논문도 있습니다.

논문이 말하는 내용을 살펴보면, 위장 기능이 항진된 상태거나 저하된 상태일 때 사관에 침을 놓으면 정상 상태로 돌아가지만, 위장 기능이 정상인 사람에게는 아무런 영향도 주지 않는다는 이야기입니다.

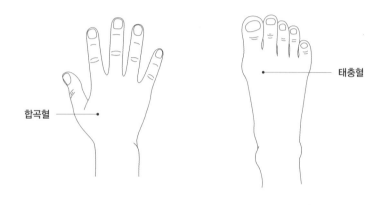

합곡혈

태충혈

협곡혈과 태충혈 자리는 한의사마다 잡는 방법이 조금씩 다릅니다. 합곡혈의 경우 엄지와 검지 사이 깊숙한 곳을 잡는 분이 있는가 하면, 검지 쪽으로 좀 더 깊게 잡는 분도 있습니다. 또 손등을 위로 했을 때와 달걀을 쥐듯 손을 기울였을 때 자리가 달라집니다. 그래서 혈자리를 표시해 주어도 잡는 자세에 따라 그 혈자리가 아닐 수도 있습니다.

정확한 자리를 누르는 것도 좋지만 무엇보다 정성을 다해 만지는 것이 더 중요합니다. 양궁 활이 10점 자리를 정확하게 맞히면 좋겠지만 2점, 3점을 맞히더라도 그 정성은 전달이 되니까요.

가까운 동네 한의원에 있는
명의

코로나19 때문에 전화 진료가 가능해졌습니다. 일시적으로 원격진료를 허용했거든요. 처음 온 환자는 안 되고 기존 환자에게 별다른 증상 차이가 없으면 전화로 상담을 한 뒤 한약을 지을 수 있게 되었습니다.

이렇게 되고 나니 5년 전 일이 생각납니다.

"원장님, 전에 한약 드셨던 ○○환자분 전화예요."

간호사에게 전화를 넘겨받았습니다.

"잘 지내셨어요? 차트를 보니 일 년이 지났네요? 지난겨울에는 추위를 덜 타셨나 모르겠어요."

"안 그래도 원장님 약 덕분에 지난겨울 좀 수월히 지냈어요. 올해도 겨울 되기 전에 약 한 번 더 먹으려고요. 입금해 드릴게요. 같은 약 택배로 보내 주시면 안 될까요?"

남들보다 추위를 많이 타는 70대 여자분이었습니다. 늘 소화가 안 되고 머리도 많이 아파 따님이 모시고 온 분이었습니다. 따님은 여러 번 잘 부탁한다고 말하며 여기가 다섯 번째라고, 어머니가 가는 곳마다 약이 쓰다며 안 드시고, 냄새가 이상하다고 안 드셨다고 했습니다. 상담 전부터 따님은 어머니에게 여기 약은 꼭 다 먹기로 약속하자고 하더군요. 그래서 더 기억에 남는 환자였습니다.

"진료를 한 지 일 년이나 지나서요. 만나서 얼굴도 뵙고 맥도 다시 짚으면 좋을 것 같아요. 한번 와 주세요."

"그렇군요. 그런데 제가 이사를 와서요. 딸하고 상의해 볼게요."

"이사를 멀리 가셨나요? 환자분 몸의 변화를 살피지 않고 같은 약을 드리면 부작용이 생길까 걱정이 되어서요."

얼마 뒤 찬바람이 불 즈음 환자가 따님과 함께 왔습니다.

"어디로 이사를 가신 거예요? 따님 차 타고 오신 거예요?"

한의원과 가까운 곳일 거라 생각했습니다.

"세종시요. 저만 이사를 가서요. 버스 타고 터미널에 내려서 딸 차 타고 왔지요."

"그럼 이 추운 날 아침부터 세종시에서 오신 거예요? 추위도 많이 타시는 분이 이렇게 쌀쌀한 날에……."

"원장님 약이 저랑 잘 맞는 것 같아요. 뭐, 딸 얼굴도 볼 겸 온 거예요."

멀리서 진료를 보러 온 만큼 더 잘해 드리려고 노력했습니다. 하지만 얼굴 보고 진료하는 원칙을 지키느라 70대 환자를 힘들게 했다는 생각이 머릿속을 떠나지 않았습니다.

"약이 잘 맞는 느낌이 드는 건 끝까지 다 드셔서 효과를 봤을 거예요. 그리고 한의사들은 환자를 자주 봐야 체질을 더 잘 파악해요. 맥도 자주 잡아야 약에 더 신경을 쓰게 되고요. 세종시에서 자주 갈 수 있는 한의원을 찾아 가시는 것도 추천드려요."

하지만 그 뒤로도 해마다 10월쯤 한의원에 오십니다.

《논어》에 '동무가 멀리서 찾아오니 어찌 기쁘지 않겠는가'란 구절이 있습니다. 동무든 환자든 멀리서 오면 기쁘게 맞이해야 하는데 멀리서 오는 환자는 솔직히 부담이 됩니다. 먼 거리만큼 치료에 대한 큰 기대를 하고 오기 때문입니다.

저는 2016년 5월부터 월간지 〈개똥이네 집〉에 글을 썼습니다. 한의원 이름을 밝히지 않고 글을 시작한 까닭 가운데 하나는 멀리서 찾아오는 환자에 대한 부담감이었습니다. 하지만 어찌 알고 오시는지 멀리서 찾아온 환자가 많았습니다. 한 가족은 부산에 사는데 휴가지를 일부러 파주로 잡아 우리 한의원을 찾아왔습니다.

"원장님이 글에 쓴, 밥 욕심 없어서 키 안 크는 아이가 딱 우리집 아이예요. 글에서 알려 준 대로 요리에 설탕 대신 조청을 넣었더니 먹는 건 좀 나아졌는데 기회 봐서 탕약 한번 해 주려고 했거든요. 그래서 휴가지를 파주로 잡았어요. 검색해 보니 가 볼만한 데가 많더군요."

"독자를 만나니 부끄럽네요. 아이 한번 볼까요? 진료 끝나고 출판단지, 헤이리, 임진각, 자운서원까지 둘러보실 거지요?"

어쩌다 보니 이 가족과는 환자에 대한 이야기보다 파주 구경거리를 더 많이 이야기했습니다. 부산에서 왔으니 파주를 원 없이 구경하고 가길 바랐고, 그걸로 저를 보러 왔다는 부담감을 덜어

내고 싶었습니다.

한 가족은 고등학교 1학년 아들의 과민성 대장증후군 때문에 인천에서 왔습니다.

"원장님 글에 공부 잘하고 설사하는 아이요, 우리 집에는 공부 못하고 설사하는 애가 있어요."

아이 앞에서 공부를 못한다고 하는 바람에 제가 당황해 아이 눈치를 봤습니다. 아이는 그 말이 별로 중요하지 않은지 그냥 듣고만 있었습니다.

"공부 잘하려다가 그런 걸 거예요. 글에 쓴 그 아이도 잘하려고 신경 쓰다 보니 장이 부글거리고 설사가 난 거거든요."

제가 그리 이야기했더니 같이 온 아버지가 웃습니다.

"아무도 상처받지 않게 말하는 방법을 배우신 것 같아요. 아내가 꼭 가 보고 싶은 한의원이라고 해서 억지로 끌려왔는데 오길 잘했네요. 아들을 다그치는 아내와 엄마 말을 안 들으려고 하는 아들 사이에서 제가 가장 힘들거든요. 간만에 신선한 시각을 보니 웃음이 나네요. 저를 위한 탕약 부탁드립니다."

한의원으로 오는 차 안에서 어머니는 한약 먹고 설사 나으면 더는 공부에 설사 핑계를 못 댈 거라고 으름장을 놓았고, 아들은 절대로 한약을 안 먹겠다며 버텼답니다. 둘이서 줄곧 싸우는 걸 보면서 온 아버지는 본인을 위한 약을 지어 가셨습니다.

세 명 가운데 한 명이라도 저를 만나 웃고 마음의 위로를 받고 가셨으니 제 마음속 부담은 조금 내려놓을 수 있었습니다. 엄마와 아들은 여전히 전쟁 중이겠지요.

이 책을 읽으면서 한 번쯤 한의원에 오고 싶은 분이 있다면 부탁드리고 싶은 말이 있습니다. 동네에 가까운 한의원 가운데 이야기를 잘 들어 주는 한의사를 찾아보세요. 꼭 있습니다. 그리고 자주 가서 통증에 대한 이야기를 많이 나누면 자기만의 주치의를 가질 수 있습니다. 멀리 있는 유명한 의사가 명의가 아니라 나를 잘 알아서 꼭 필요한 시점에 알맞게 치료해 주는 의사가 명의거든요.

우리 동네에서는 저도 그냥 꼼꼼한 동네 한의사랍니다. 그래도 한번 오신다면 글을 통해 알게 된 동무를 만나러 오신다 생각하고 와 주세요. 저도 멀리서 온 글벗으로 생각하고 맞이하겠습니다.

로널드 라이스가 엮은 책 《나의 아름다운 책방》(박상은, 이현수 옮김, 현암사)에는 서점에서의 추억을 여러 작가가 이야기합니다. 그중 이사벨 아옌데가 한 말이 기억에 오래 남았습니다.

나는 구식이다. 나는 반드시 주치의와 치과의사와 단골 미용사가 있어야 하고, 믿을 만한 서점도 하나는 꼭 있어야 한다고 믿는 사람이다.

모두 단골 미용실 하나쯤은 있을 겁니다. 이 책에서는 믿을 만한 동네 서점이 있어야 한다는 이야기였지만 제게는 믿을 만한 단골 한의원이 모두에게 있었으면 하는 바람이 있습니다.

2장

몸 안의 달라짐

+

내과적 질환

감기인 듯 감기 아닌
감기 같은

어른, 아이 할 것 없이 많은 사람이 걸리지만 완벽한 치료약은 없고, 걸렸다 나아도 면역이 생기지 않는 병이 있습니다. 바로 감기입니다. 어떻게 해야 감기에서 자유로워질까요? 먼저 걸린 병이 감기가 맞는지부터 알아야 합니다. 가벼운 감기 증상에는 아무것도 하지 않는 것이 약입니다. 쉬면서 수분을 많이 섭취하면 일주일 안에 증상이 없어집니다.

"원장님 댁 아이들은 엄마가 한의사라 미리미리 예방해서 안 아프겠어요."

이런 말을 하는 환자분한테 단호하게 말합니다.

"감기 안 걸리면 사람이 아니죠. 우리 애들도 일 년에 네 번 정도는 감기에 걸려요."

그렇습니다. 감기 바이러스에 감염되어도 증상이 나타나지 않는 무증상환자는 있어도 감기 바이러스가 침입하지 않는 몸은 없습니다. 감기에 안 걸리는 게 아니라 내 몸이 면역력이 강해 감기 바이러스와 싸워서 이긴 것이지요. 그렇다면 싸우는 과정에서는 어떤 현상이 생길까요? 조금 열이 나고 근육통이 있고 콧물이 납니다. 한참 싸우는 가운데 휴전을 하거나 누군가가 적들을 죽여 버린다면 어떻게 될까요? 싸워 보지도 못한 군사들은 다음에도 싸우기를 겁내게 됩니다. 이런 면에서 가벼운 감기에는 면역력을 키운다는 생각으로 푹 쉬면 몸이 적과 싸울 힘을 기르는 과정이 됩니다.

그런데 문제는 아이가 미열이었는데 어느새 고열이 될 때 생깁니다. 감기 증상을 초기에 잡아 주지 못해 증상이 심해진 것이 자기 탓이라고 느끼는 부모가 많습니다. 그래서 가벼운 감기에도 소아과로 달려가 항생제, 항히스타민제를 처방받는 부모를 나무라진 않습니다. 아이가 더 아플지도 모른다는 두려움을 충분히 이해하기 때문입니다.

저는 아이를 둘 다 18개월부터 어린이집에 보냈습니다. 둘째는 태어날 때부터 건강해서인지 감기에 걸려도 잘 먹고 잘 놀았지요. 콧물이 며칠 동안 나오고 코가 막혀 답답해했지만 열도 없고 잘 놀아서 아무 약도 먹이지 않고 어린이집에 보냈습니다. 그런데 하루는 어린이집 선생님이 쪽지를 보냈습니다. '아이가 콧물을 자꾸 흘려요. 약 좀 보내 주세요. 아니면 어린이집에 있는 콧물 시럽을 조금 먹일까요?' 답장을 간단히 썼습니다. '그냥 두세요. 고맙습니다.'

하지만 친정어머니는 엄마가 한의사인데 아이가 콧물을 줄줄 흘리고 다닌다는 소리를 듣고 싶지 않다고 탕약을 안 가져오면 소아과에 가서 약을 받아 오겠다고 하셨습니다. 아이 엄마는 나지만 아이와 함께하는 시간이 많은 사람은 친정어머니이므로 이 말을 무시할 순 없었습니다. 그래서 아이를 데리고 소아과에 갔지요. 소아과 의사에게 꼭 약을 먹여야 할 정도냐고 물었습니다.

"아니요, 그냥 둬도 되는데 물은 많이 마시는 게 좋아요."

그렇게 아이의 콧물감기 사태는 끝이 났습니다.

때에 따라 저도 양약을 씁니다. 열이 39도까지 올라 아이가 힘들어할 때는 해열제를 주고, 목에 염증이 많이 생겨 밥을 삼키기 힘들고 통증으로 아파할 때는 양약을 먹입니다. 그렇다고 감기 증상이 심해진 것이 가벼운 증상일 때 다스리지 않아 더 심해졌다고 생각하지는 않습니다. 처음부터 열이 심해지는 바이러스가 침투한 것이고 목에 염증을 일으키는 세균이 침투했다고 여깁니다. 그래야 아이의 병 앞에서 내 마음도 편하고 아이 몸도 안정을 찾게 되니까요.

가벼운 감기 증상에 푹 쉬며 수분 섭취를 많이 하라는 이야기는 양방과 한방에서 모두 강조하는 내용입니다. 수분 섭취를 위해 한약 재료로도 쓰이는 '총백', 즉 파뿌리를 달여서 먹어도 좋습니다. 몸살감기에는 칡뿌리로 알려진 갈근차, 목감기에는 배나 도라지, 콧물감기에는 목련 꽃봉오리인 신이차가 좋습니다. 평소에 생강차를 마셔 감기를 예방하는 방법도 있습니다. 쌍화탕 또한 기혈을 보강해서 감기를 이겨 내도록 도와줍니다. 무엇을 먹든 휴식과 함께라면 가벼운 감기는 금세 나을 수 있습니다. 하지만 자칫 감기가 아닌데 감기 증상으로 착각하여 그대로 두거나 치료 시기를 놓치면 위험할 수 있으니 이를 조심해야 합니다.

몇 해 전 어느 목요일 아침에 감기 환자 한 명이 한의원에 왔습니다. 이 환자를 감기 환자라고 부른 것은 저도 간호사도 아닙니다. 환자 스스로 감기 때문에 한의원을 찾아왔다고 이야기해서 감기 환자로 접수되었지요. 원장실에서 마주 보고 앉았는데 환자의 눈이 빨갛게 충혈되었고 입술은 말랐습니다. 약간 그을린 얼굴이었습니다. 환자가 오면 생김새와 옷도 살펴봅니다. 옷 입는 맵시에 삶이 묻어나 생활습관을 파악할 수 있어서지요. 환자는 집시풍 긴 치마에 손으로 뜬 니트를 입었고, 자연과 함께하는 삶을 사는 느낌이었습니다. 이렇게 자연을 벗 삼아 사는 사람들 가운데에는 양약을 거부하는 분들이 어쩌다 있습니다. 그래서 더 세심히 판단하고 필요하면 병원으로 보내기도 합니다.

　"월요일부터 감기에 걸려서 열이 나고 온몸이 아파서 병원 약을 먹었는데 아무 효과가 없어요. 몸이 너무 아파서 견딜 수가 없어요. 감기로는 평소에 병원에서 지은 양약은 안 먹는 편인데 이번에는 열도 심하고 몸살도 심해서 약을 받아 왔어요. 그런데 사흘이 지나도 나아지지 않아서 오늘 다시 병원에 다녀오기는 했는데 같이 먹을 만한 탕약을 주시면 안 될까요? 근육통이 완화되는 침을 놔 주셔도 되고요."

　"병원에서 감기라고 하던가요?"

　"주말에 야외에서 일을 했더니 몸살감기가 온 것 같아요."

　"산이나 들에서 일했나요?"

　"네, 농약도 안 치고 농사짓는 곳에서 일을 좀 하다가 왔어요."

　"어디 벌레 물린 자국이 있나요?"

"아니요, 가렵거나 벌레 물린 기억은 없어요."

이야기를 나누면서도 환자 얼굴에는 힘든 기색이 역력했습니다. 의심되는 질환은 감기보다는 가을철 뉴스에 많이 오르내리는 '쯔쯔가무시'였습니다. 하지만 벌레 물린 곳이 없다고 환자가 확신하니 옷을 벗고 찾아보자는 말을 못 했습니다. 제가 모르는 감염병인가 싶기도 했습니다. 의심된다고 무작정 병명을 말했다가 환자가 인터넷에서 검색해 보고 놀랄지도 모르고, 스스로 감기라고 생각하고 있으니 말을 아꼈습니다.

"오늘 밤에도 해열제가 아무 효과가 없고 오한이 이어지고 속이 울렁거리면 응급실에 가서 혈액검사를 하고 주사로 해열제를 맞으세요."

시간이 지나고 들은 이야기로는 쯔쯔가무시 확진을 받고 병원에서 입원치료를 받았다고 합니다. 환자들이 고열 때문에 감기로 착각하기 쉬운 질환에는 쯔쯔가무시 말고 '신우신염'도 있습니다. 가벼운 감기인가? 독감인가? 아니면 다른 질병인가? 이 구분은 정말 쉽지 않습니다. 환자를 눈으로 직접 보면 그나마 비슷한 질환 몇 가지를 의심하며 조언이라도 하지만 말입니다.

평소 외우고 다니는 논어에 이런 말이 있습니다. '무의 무필 무고 무아毋意 毋必 毋固 毋我' 반드시 해야 할 것도 없고, 원래 그런 것도 없고, 나 아니면 안 되는 것도 없다는 뜻입니다. 어떤 병이든 그냥 견디는 것도, 양약을 맹신하는 것도, 양약을 거부하는 것도 정답은 아닙니다. 반드시 어떻게 해야 한다는 법은 어디에도 없습니다.

면역과
예방접종 1

'면역력'이라는 말을 들으면 무엇이 떠오르나요? '감기에 잘 걸리지 않는 상태, 병에 걸리지 않는 상태, 건강한 상태'와 같은 말이라고 생각하는 분들이 많습니다. 저도 환자에게 설명할 때 "면역력이 떨어져서 그런가 봅니다" 하기도 하니까요.

'면역'의 정확한 뜻은 '몸에 들어오는 특정 병의 원인이 되는 미생물(항원)에 대항하여 항체를 생성하는 것'입니다. 이 항체는 몸에 들어온 미생물이 만들어 내는 독을 활동하지 못하게 하거나 그 미생물 자체를 죽이는 역할을 합니다. 또한 항체가 한 번 만들어지면 몸에 남아서 다음번에 똑같은 항원이 들어왔을 때 바로 반응하여 그 병에 걸리지 않게 작용합니다. 그러고 보면 면역력이 높다는 것은 '항체가 많이 형성되어 있다'는 말로 들리지요.

하지만 면역이 지나쳐서 생기는 병도 있습니다. 외부에서 들어오는 항원에 너무 민감하게 반응하여 항체가 빠르게 공격하면서 벌어지는 문제입니다. 아토피와 알레르기성 비염이 그런 병이지요. 항체가 많아도 부족해도 문제가 되는 것이지요.

항체의 또 다른 특징이 있습니다. 자연스럽게 획득한 항체는 그수명이 거의 영구적입니다. 하지만 예방접종으로 항체가 만들어지면 이를 '획득면역'이라고 하는데요, 이 항체의 경우 수명이 짧은 것도 있고 긴 것도 있습니다. 자연면역 항체가 생기면 좋지만 그것을 얻자고 병에 걸릴 수는 없으니 예방접종을 해서 획득면역을 얻고자 하는 것이지요.

그럼 이런 상상을 해 볼 수 있겠지요. '특정 병의 원인이 되는 미생물이 없다면 대항할 일도 없을 텐데' 하는 생각 말입니다. 아니면 '미생물이 없는 곳으로 도망가서 살고 싶다' 같은. 하지만 그런 곳은 세상 어디에도 없습니다. 또 어떤 바이러스는 우리나라에는 없지만 다른 나라에는 존재하므로 외국여행 때만 예방접종을 해야 하는 병도 있습니다. '황열' 같은 병이 이런 경우입니다.

어느 날 한 아버지가 돌이 조금 지난 아이를 안고 진료실로 들어왔습니다. 간호사에게는 궁금한 게 있어서 왔다고만 이야기했답니다. '돌 즈음이니 아이 첫 보약에 관해서일까? 아니면 감기?' 여러 추측을 하며 상담을 시작했습니다.

아이 아빠가 저에게 한 첫 질문은 한의사로서도 처음 들어 보는 질문이었습니다.

"원장님네 아이들은 소아 예방접종을 했나요?"

"예, 국가 권장 예방접종은 합니다만……."

"그럼, 원장님은 독감 예방접종 주사를 맞으셨나요?"

"아니요, 저는 아직 젊다고 생각해서 맞지 않았어요. 아이들도 독감 예방접종은 하지 않았고요."

"예방접종을 꼭 해야 한다고 생각하시나요?"

돌 지난 아이 아빠가 이렇게 묻는 까닭은 무엇일까요? 아이가 태어나기 전까지 본인은 예방접종을 모두 했고 때때로 독감 예방접종도 했다고 합니다. 그런데 태어난 아이가 곱고 건강하게만 자랄 줄 알았는데 감기에 자주 걸렸고, 그래서 예방접종 시기를 놓쳤답니다.

정확한 시기에 접종을 못 한 것이 불안해서 인터넷 검색을 해 봤는데, 생각보다 많은 사람들이 예방접종을 하지 않아서 놀랐다고 합니다. 며칠을 검색하다가 아내에게 이야기했더니 아내는 무조건 예방접종을 해야 한다고 했답니다. 아무리 인터넷 글들을 보여 주어도 아내의 생각은 한결같았다고 합니다. 아내를 설득할 때마다 아내는 "그러다가 우리 아이가 수두나 홍역에 걸리면 어떡할 거냐"고 했답니다.

처음에는 아내를 설득해 이제부터는 아이 예방접종을 하지 않으려고 했는데, 지금은 도대체 무엇이 정답인지 궁금하다고 했습니다. 그러다가 인터넷이 아닌 전문가에게 물어봐야겠다는 생각을 했고, 아이가 다니는 소아과 의사를 찾아가 똑같이 물어보았다고 합니다. 소아과 의사에게 예방접종은 '무조건' 해야 한다는 대답을 듣고 나니 한의사는 어떻게 생각할지 궁금했던 것입니다.

"모든 소아과 선생님이 그렇게 대답할지 잘 모르겠지만 다르게 생각하는 분도 있지 않을까요? 저만 하더라도 학생 시절 '예방의학'이라는 과목을 배울 때 예방접종 백신의 안정성과 부작용에 대해 공부한 기억이 있거든요."

"한의사는 대체의학을 하는 사람이니 예방접종을 반대할 줄 기대하고 왔어요. 아니면 원장님 아이들은 접종을 하더라도 환자에게는 반대하거나요."

"정답을 찾는 것보다는 신중히 선택하는 것이 좋겠네요."

3년쯤 된 일입니다만 요즘 들어 그 아이 아빠가 떠올랐던 까닭은 지난겨울 독감이 크게 유행해서입니다.

저보다 더욱 철저하게 약을 거부하는 환자가 있었습니다. 증상이 약한 감기에는 한약도 달라고 하지 않고 늘 운동하고, 집에서 감기 예방차를 끓여 먹으면서 건강을 관리하던 분이었습니다. 몸살이 나거나 열이 나서 견디기 힘들 때는 탕약으로 감기를 다스리고 싶어 해서 탕약을 처방해 드렸습니다.

그랬던 분이 어느 날 근육통과 오한, 고열로 손을 떨며 한의원에 왔습니다. 증상이 심상치 않아 "요즘 유행하는 독감 증상과 비슷하니 견디기 힘들면 내과 진료를 받아 보세요"라고 했습니다. 50대이고 평소 건강한 분이었지만 독감으로 고생한 환자들에게 그 고통이 굉장하다고 들은지라, 그분이 병원 가는 것을 좋아하지 않는 걸 알면서도 조언했습니다.

보름쯤 지나서 그분이 다시 한의원에 와서는, 제 말을 듣고 내과에 다녀와서 죽을 고비를 넘겼다고 했습니다. 오죽하면 한의사가 내과에 가 보라고 할까 싶어서 병원에 가 쉽게 나았답니다. 오히려 빨리 가지 않은 것이 후회된다면서요. 내년에는 독감 예방접종도 꼭 할 거라고 하셨습니다. 50년 세월을 약을 거부하며 살아온 분이 한 번의 고통스러운 독감 경험으로 예방접종을 긍정적으로 생각하게 된 것입니다.

반대의 경우도 있습니다. 소아 예방접종의 부작용 때문에 아이에게 어떤 예방접종도 하지 않은 엄마가 있었습니다. 이분은 아이가 초등학교에 들어가니 학교생활에 도움되는 보약을 지으러 왔습니다.

"우리 아이는 워낙 건강해요, 원장님! 아기 때부터 감기도 잘 안 걸리고요, 걸려도 집에서 제가 끓여 주는 생강차만 마시면 낫습니다. 얼마 전에 아이가 수두에 걸렸는데요, 그때 집에 놀러 온 동갑내기 사촌이 옮았지 뭐예요. 우리 애는 일주일 만에 좋아졌는데 사촌 애는 수두 예방접종을 했다는데도 한 달이나 학교에 못 갔어요. 예방접종 안 한 우리 아이가 더 빨리 낫더라니까요. 예방접종 할 필요가 없어요"

상담을 하는 내내 예방접종에 대한 부정적인 이야기를 했습니다. 아이가 겪은 수두 경험으로 예방접종을 하지 않겠다는 생각이 더욱 강해진 것입니다.

이렇듯 경험으로 지식을 확인하는 경우가 있습니다. 지식이 진리는 아닌데, 경험하고 나면 진리가 되어 버립니다.

면역과
예방접종 2

친한 후배가 첫 아이를 가졌다는 소식을 전했을 때 저도 둘째 아이를 임신하고 있었습니다. 일주일 차이로 딸들이 태어났습니다. 그래서인지 그 후배와 늘 공감하는 이야깃거리가 많았습니다.

후배는 곧바로 둘째 아이를 가졌고, 남자아이를 낳았습니다. 순탄했던 후배의 생활에 변화가 일어난 것은 둘째 아이가 말이 늦어지면서였습니다. 아이는 말은 못 하지만 눈을 맞추고 물건을 가리켜 가져오라고 하면 가져올 수는 있었습니다. 저는 남자아이라 늦을 수도 있다고, 조금 기다려 보면 어떻겠냐고 했습니다. 두 달 뒤쯤 지나 후배는 아이를 데리고 병원에 갔습니다. 그때 병원에서 언어발달 지연 판정을 받았습니다. 또래보다 18개월 정도 언어발달만 늦다는 이야기였습니다.

그 뒤로 후배는 아이에게 어떠한 예방접종도 하지 않았습니다. 첫째 아이인 딸은 국가가 권장하는 예방접종은 모두 했고, 둘째인 남자아이도 언어발달 지연 판정을 받기 전까지는 모든 예방접종을 했습니다. 언어발달 지연의 원인은 아직 밝혀지지 않았지만 후배는 단 1퍼센트의 원인이라도 없애고 싶었던 것입니다.

아주 약한 항원을 만나 '자연면역'을 얻는다면 얼마나 좋을까요. 그런 생각으로 연구자들은 예방접종 백신을 만들기 시작했습니다. '제너의 종두법'이 그 시작이라 할 수 있지요. 그 시대에는 살아 있는 균을 이용했지만 현대 과학의 힘으로 이제는 가짜 병균을 만들 수도 있습니다.

그런데 우리 몸은 너무 똑똑해서, 때로는 너무 멍청해서 문제가 생깁니다. 몸이 너무 멍청하다는 것은 이를테면 감기 예방접종을 하고 났더니 진짜 감기에 걸리는 경우를 말합니다. 반대로 몸이 너무 똑똑하면 예방접종으로 넣어 준 항원이 가짜라고 생각해 항체를 만들지 않기도 합니다. 그런 일을 줄이려고 연구자들은 지금도 연구를 하고 있지요.

그런 노력에도 예방접종을 신뢰하지 못하는 분들이 있습니다. 과학 자체를 불완전한 학문으로 보는 사람도 많으니까요. 하지만 원리를 알고 나면 경험만으로 예방접종을 무턱대고 긍정하거나 부정하지는 않을 것 같습니다. 다만 조금 더 까다롭게 판단하게 되겠지요.

먼저 백신이 잘 만든 가짜 병균인지 확인하는 것이 필요합니다. 제약회사, 제조국, 성분을 따지기도 합니다. 저는 오랜 세월 많은 사람이 접종해 온 백신이라면 그 기간 동안 큰 문제를 일으키지 않은 것만으로도 신뢰할 수 있다는 입장입니다. 그만큼 연구도 많이 이루어졌을 것이고요. 그런 백신은 접종하는 것이 나쁘지 않습니다.

잘 만든 예방접종제인지 파악하고 나면, 내 몸이 가짜 병균에게 잘 속아 줄 수 있는 환경인지 눈여겨봐야 합니다. '잘 속아 줄 수 있는 환경'이란, 몸이 건강해 항체를 잘 만들고 예방접종 부작용이 나타나지 않는 상태입니다. 백신을 맞을 때나, 맞고 나서 감기나 미열처럼 다른 증상이 생기지는 않는지 잘 살펴야 합니다. 그래서 예방접종은 주말이 아닌 주초에 해서 몸에 변화가 생겼을 때 바로 병원에 갈 수 있도록 해야 합니다. 하루에 여러 가지 백신을 맞는 것도 피해야 하고요.

둘째 아이가 초등학교에 입학할 때 학교에서 예방접종 증명서를 요구했습니다. 큰아이 입학 때는 생각하지 못했는데 예방접종과 관련된 글을 쓰면서 그 요구가 당연한 것인지 의문이 생겼습니다. 이렇듯 무엇이든 의문을 가지는 것에서 변화가 시작된다고 생각합니다. 예방접종을 하기 전에 이번에 접종하는 주사는 어떤 병에 대한 백신인지, 이 예방접종을 하지 않아서 병에 걸리면 어떤 위험이 있는지 알아 두면 좋겠지요.

개인 차원에서 선택의 문제로 예방접종에 대해 결론을 낸다면 이 글이 가볍다고 생각할 분들이 많을 것입니다. 제 둘레에는 아이의 건강 문제로 예방접종을 피하는 것이 아니라 국가 차원에서 이뤄지는 예방접종에 대해 부정적인 분도 있습니다. 국가가 국민에게 권장하는 예방접종이라면 비용도 당연히 무상이어야 하는데 무상도 아니면서 예방접종을 강요할 수는 없다는 것입니다. 무상

화가 된 다음에야 개인의 선택 문제가 될 수 있다는 거죠. 그래서 선택적 예방접종, 이를테면 독감, 로타바이러스 같은 예방접종을 환자의 개인 판단이 아닌 병의원에서 강요하는 것은 문제가 있다고 주장합니다.

또 자본주의적 관점에서 예방접종을 부정적으로 보는 분들은 모든 백신이 국민의 건강보다는 돈의 원리로 움직인다고 이야기합니다. 필요하지도 않은 백신을 제약회사 이익을 위해 접종하게 한다는 것이지요. 저도 의료만큼은 자본주의 원리가 적용되지 않기를 바라지만 완전히 독립되기도 쉽지 않은 게 현실입니다.

그렇다면 예방접종을 하지 않고도 병에 안 걸리고 살 수 있을까요? 예방접종을 하지 않은 아이는 예방접종을 한 다른 아이보다 병에 더 많이 걸릴까요? 후배의 아이처럼 발달 지연 판정을 받는다면 병에 걸릴 위험을 무릅쓰고서라도 예방접종을 하지 않는 게 더 좋을까요?

'집단면역'이라는 말이 있습니다. 집단면역이란 전체 인구 가운데 특정 감염질환에 면역력을 가진 사람이 많으면 전체 인구가 그 감염균에 저항력이 생긴다는 것을 뜻합니다. 쉽게 말해 반 아이들 대부분이 인플루엔자 예방접종을 하면 어떤 아이는 예방접종을 하지 않아도 인플루엔자에 감염될 확률이 떨어진다는 이야기입니다.

그런데 이를 '예방접종을 하지 않아도 집단면역의 도움을 받을 수 있는 거군요' 하고 받아들이고 예방접종을 안 하는 사람이 늘어나면 집단면역이 떨어져 어느 누구도 집단면역의 혜택을 보지 못합니다. '나를 위해서 예방접종을 하지만 내가 한 예방접종으로

집단면역 혜택을 받을 수 있는 사람이 많아진다면 좋은 일이야'
하고 받아들인다면 여러 까닭으로 예방접종하지 못한 이에게, 또
는 예방접종을 안 한 이에게 도움이 될 수 있습니다. 어찌 보면 나
를 위해 한 예방접종이 나도 모르게 남을 위한 이타적인 행동이
되는 것입니다.

저는 한의사로서 예방접종을 해야 한다고 말합니다만, 아이를
키우는 엄마로서 집단면역을 믿어 보자는 견해도 가지고 있습니
다. 예방접종을 할 수 없는 아이를 가진 부모에게는 한의사 입장
만 내세울 수는 없으니까요.

예방접종은 시절마다 나라마다 병의 종류마다 사정이 다르므로
일반화해서 말할 수는 없습니다. 하지만 이 시대를 사는 분들 대
부분은 예방접종이라는 수단으로 아이가 병에 걸릴 수 있는 위험
을 피하기도 하고, 특정한 까닭으로 예방접종을 하지 않고, 집단면
역의 도움을 받기도 하며, 선택적으로 예방접종을 하기도 합니다.
모든 선택 속에 있는 마음은 식구들의 건강입니다. 방법의 차이일
뿐입니다.

봄의 시작
재채기

봄꽃이 피는 4월에 한 할머니가 손녀를 데리고 한의원에 왔습니다. 평소 근육통으로 자주 오던 분이었는데 손녀가 기침을 자주 해서 걱정이라고 했습니다. "방학하면 내가 데리고 올게. 애어미에게 말을 해도 대수롭지 않게 여겨" 하시곤 했는데 손녀 기침이 심해져서 데리고 왔다고 했습니다. 초등학교 6학년인 아이는 마스크를 하고 왔습니다. 제가 먼저 아이에게 물었습니다.

"할머니 말씀으로는 네가 기침을 자주 한다던데?"

"아니요."

너무 단호하게 말해서 조금 놀랐습니다. 분위기를 바꿀 필요를 느꼈습니다.

"마스크 한번 벗어 볼까? 선생님이 얼굴을 보고 싶네."

"저는 쓰고 다녀야 해요. 이런 계절에는 특히요. 안 그러면 재채기를 해요."

할머니는 아이의 기침이 걱정인데 아이는 재채기가 난다고 합니다.

"할머니는 제가 재채기라고 해도 자꾸만 기침이라고 하세요."

"그렇구나. 재채기하면서 콧물이 나니, 아니면 코가 막히니?"

"저는 투명한 콧물이 많이 나와요. 콧물이 한번 나기 시작하면 줄줄 나는 편이에요."

아이와 이야기를 하고 있는데 할머니가 일어서면서 말합니다.

"애 상담하는 동안 나는 침이나 맞을라우. 원장님이 잘 보고 울 손녀 기침에 좋은 탕약이나 하나 해 줘."

"할머니! 재채기라니까."

"우쨌든, 그거."

손녀는 할머니가 기침이라고 표현하는 게 이상하고 싫은 모양입니다. 그때 아이가 '에취!' 하고 재채기를 합니다.

"이렇게 재채기가 나요."

"응, 선생님이 이제야 정확히 알겠네. 너 재채기 맞아! 기침은 '콜록'이고 재채기는 '에이취'니까."

"할머니한테 아무리 설명해도 기침이라고 해요."

"그랬구나. 둘은 엄청난 차이가 있지만, 네가 몸으로 증상을 보여 주었잖니. 할머니에게는 두 말이 같게 느껴지나 보다. 이해하렴. 우리 재채기 말고 다른 증상에 대해 더 이야기해 볼까?"

'모든 환자는 거짓말을 한다'는 말을 들어 본 적 있으신가요?

의료계 종사자들 사이에서는 널리 알려진 말입니다. 대수롭지 않게 거짓말을 하는 분들도 있지만, 상처가 생긴 과정(가정폭력 따

위)을 숨기려고 어쩔 수 없이 거짓을 말하는 분도 있습니다. 하지만 대부분은 어떤 의도 없이 합니다. 평소 말 습관이 긍정적인 분들은 치료 효과가 그다지 좋지 않아도 훨씬 나아졌다고 하고, 반대로 부정적 언어습관을 가진 분들은 증상이 완전히 낫지 않으면 아직도 아프다고 이야기하곤 합니다.

또 증상을 말할 때도 재채기와 기침을 구분 없이 쓰는 환자가 많습니다. 재채기로 고생을 많이 하거나 병원에 자주 다닌 환자는 정확히 말하지만, 평소 기침이든 재채기든 자주 하지 않는 분들은 두 말을 마구 섞어 합니다.

이런 모든 경우를 '환자의 거짓말'이라고 하는데, 기분 나쁠 필요는 없습니다. 이 말은 오히려 의료계 종사자들 사이에서 하는 말입니다. 환자의 말을 귀담아듣지만 증상을 눈으로 직접 확인하라는 것입니다. 또한 진단검사를 소홀히 하지 말라는 말이기도 합니다. 그저 환자가 '두통'이라고 말했다고 해서 두통약만 주어서는 안 된다는 이야기입니다. 병력조사의 중요성을 강조하는 말이라고 이해하면 좋겠습니다.

할머니에게는 기침과 재채기를 구분하는 것이 의미가 없습니다. 그저 손녀딸이 아픈 게 걱정입니다. 하지만 아이는 재채기로 고생을 많이 했고, 일반 감기로 생기는 기침과는 증상도 치료약도 다르다는 것을 알고 있습니다. 그리고 봄에는 아무리 마스크를 쓰고 나가도 눈까지 가려워지면서 콧물이 쏟아지니 친구들 만나기도 싫어질 정도입니다. 아이의 질환은 '알레르기성 비염'과 '계절성 비염'이 합쳐진 것입니다.

보통 환자들이 "비염이 있어요" 하면 언제가 가장 심한지 물어봅니다. "항상 코가 막혀 있어요"라고 대답하면 '만성 비염'일 가능성을 크게 두고 이야기를 나눕니다. "봄에만 그래요"라고 하면 '계절성 비염'일 가능성이 높습니다.

그래서 또 물어봅니다. "봄에 바깥 활동에서 심해지나요, 실내에서 심해지나요? 아니면 동물 털처럼 특정한 데 반응하나요?" 알레르기 원인에 관한 질문입니다. 집먼지진드기, 꽃가루, 동물 털, 곤충 분비물 같은 원인을 알아내기 위한 것이죠. 계절과 상관없이 털이나 진드기로만 알레르기가 유발되는 분들이 있어서 이런 분들에게는 계절성이라는 말은 빼고 '알레르기성 비염'이라고 말합니다.

이것 말고도 코 안쪽 혈관 운동이 잘 되지 않아서 생기는 '혈관 운동성 비염', 코안의 구조적인 문제로 공기 통로가 좁아져서 생기는 '비후성 비염'도 있습니다.

아이의 경우로 돌아오면 아이는 평소 집먼지진드기에 예민해서 재채기가 난다고 합니다. 그래서 스스로 자주 청소를 하고, 이불을 탈탈 털어서 해가 드는 베란다에 내놓는다네요.

"6학년인데 스스로 이불을 털어서 정리한다고? 와, 칭찬해야겠네. 자던 이불도 안 개고 학교 가는 아이들이 많은데 말이야."

"저도 이불 털고 정리하는 거 싫어요. 하지만 그걸 안 하고 학교 다녀오면 밤에 자꾸 재채기를 하다 보니……. 이것도 봄이 되면 다 소용없어요. 그나마 마스크가 좀 도움이 돼요. 가끔 병원약도 먹어요. 그런데 약 먹으면 좀 졸려서……."

처음에 표정 없이 단호하게 대답하던 아이가 이야기가 길어지니 생기가 납니다. 비염 증상을 그냥 놔둔 것은 아니었습니다. 부모와 병원도 여러 번 갔고, 나름대로 집에서 할 수 있는 것은 다해 본 모양입니다.

"집에서 코에 식염수 넣는 것은 해 본 적 있어?"

"예, 어렸을 때는 했는데 언제부터인가 하고 나면 코안이 따끔거려서 안 해요. 그래도 봄이 지나가면 살 만해서 그냥 참거나 약으로 버텨요."

"그렇구나. 할머니는 네가 걱정되어서 탕약을 지어 주고 싶어 하시는데, 너는 어찌 생각하니?"

"저는 약보다는 지압법을 배우고 싶어요. 인터넷에 보니 코 옆어딘가를 누르면 비염에 좋다고 해서요. 그곳을 정확히 알려 주면……."

'봄을 맞이한다'는 뜻으로 '영춘'이라는 말이 있습니다. 긴 겨울이 지나고 봄을 맞이하는 기쁨을 누리며 이 말을 꽃에 붙이기도 합니다. 봄에 맨 처음 피는 꽃에 붙이지요. 개나리에 붙이기도 하고, 목련에 붙이기도 합니다. 목련꽃은 한약재로 '신이'입니다. 코를 뚫어 주는 역할로 비염 증상에 쓰는 약재입니다. 추위를 뚫고 봄에 올라오는 꽃봉오리가 봄이 되어 생기는 '계절성 알레르기성 비염'의 치료제라니 신기하지요.

그런데 아이가 물었던 코 옆 혈자리 이름은 무엇일까요? '영향'입니다. '향을 맞이하는 자리'라는 뜻이지요. 코가 막혀서 향기를 맡을 수 없을 때 이 혈을 자극하면 향기를 맡게 해 준다는 겁니다.

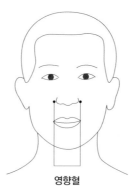

영향혈

할머니는 침 치료를 다 받고 나와서 아이가 먹고 싶어 하지 않는 탕약을 지어 달라고 제게 돈을 주고 가셨습니다. 재채기든 기침이든 손주가 건강하기만을 바랄 뿐이라고 하면서요. 손주를 향한 할머니의 사랑, 아이 스스로의 노력. 아이가 '영향'혈을 자극하고 '영춘'화인 신이가 들어간 탕약을 먹고 나면 아이에게 봄이 기다려지는 계절이 되었으면 좋겠습니다.

흔하지만 만만하지 않은 증후군

중학교 1학년 남자아이가 학교에서 조퇴를 하고 어머니와 같이 한의원에 왔습니다. 수업시간에 배에서 자꾸 꿀럭꿀럭 소리가 나고 설사도 했답니다. 그런데도 여전히 배가 아프고 소리가 멈추지 않는다네요. 이런 증상은 아이가 초등학교 고학년일 때부터 시작됐는데 그다지 심하지는 않았다고 합니다. 경시대회나 발표를 앞두고 있을 때 긴장을 하면 배가 아프고 설사를 한 적이 있어서 그저 신경성이라 여겼답니다.

그런데 중학생이 되니 시험도 자주 보는 데다 초등학생 때와 달리 성적표가 나오고 등수가 매겨지니 수행평가도 그냥 넘길 수가 없어 집중해서 공부하게 되었답니다. 그럴 때마다 설사를 하고 배가 아프고 식은땀이 났고요. 시험을 치다가 나올 수는 없으니 시험은 마무리하고 화장실에 뛰어가 설사를 했다고 합니다.

아이는 이런 증상을 인터넷으로 검색해 보고 '과민대장증후군'

같다고 여겼답니다. 저는 그게 맞는 것 같다고 하고 평소 식습관을 물었습니다. 라면을 좋아하고, 고기를 먹을 때는 채소를 먹지 않고, 튀긴 돈가스를 좋아한답니다. 우선 식습관 조절을 하기로 했습니다.

위장과 소장은 우리가 먹은 음식물을 영양소로 바꾸고 흡수합니다. 대장은 그 나머지 영양소와 수분을 흡수하고요. 섬유소는 대장 운동을 활발하게 해 줍니다. 패스트푸드처럼 섬유소가 적은 음식이 장에 들어오면 대장의 운동성이 떨어집니다. 그러니 음식물이 대장에 오래 머물게 되고 대장의 수분흡수가 오래 이루어져 결국 변이 굳게 되지요. 이렇게 변비가 생깁니다.

반대로 어떤 원인으로 대장의 운동성이 지나치게 활발하면 소화가 덜 된 음식물을 변으로 내보냅니다. 이때는 대장이 수분을 흡수할 시간도 부족해서 묽은 변을 보는데 이게 바로 설사입니다. 평소 대장을 건강하게 관리하는 방법은 섬유소가 있는 음식을 자주 먹어 대장이 적당히 수분을 흡수할 수 있게 하는 것입니다.

"설사하는 게 긴장한 탓일 수도 있지만 평소에 섬유소가 많은 음식을 주로 먹으면 덜하지 않겠니?"

이렇게 설명하고 한 달 뒤 다시 보기로 했습니다.

일주일이 지나서 아이는 어머니와 다시 한의원에 왔습니다. 한 달 뒤에 오기로 했는데 또 조퇴를 하고 왔습니다. 이번에는 아침에 수행평가가 있었는데 새벽에 설사를 하고 수행평가를 치르는 동안 식은땀이 나고 머리가 하얘졌다고 합니다. 시험을 다 보고 화장실에 가서 또 설사. 아이는 탈진한 모습으로 나타났습니다. 지난주에 한의원에 다녀간 뒤로 밀가루도 덜 먹고 과일과 채소를 많이 먹으려 노력했다고 합니다. 주말도 아무 일 없이 지나가서 '아, 음식조절을 하면 되는구나' 생각했는데 수행평가 앞에서 또 모든 것이 무너졌습니다.

"선생님, 저는 식습관 때문이라기보다는 긴장성, 신경성인 것 같아요."

"그래, 그런 것 같구나. 그럼 어떻게 해야 치료가 될까?"

"심리적인 문제이니 마음을 편하게……."

"그렇지, 그거야. 그런데 왜 마음이 안 편할까?"

"시험이니까요!"

옆에서 어머니가 말을 거듭니다.

"애가 지난 시험에 전교 2등을 해서 이번 목표가 전교 1등이거든요. 그래서 작은 시험에도 더 신경을 쓰는 것 같아요."

"와! 너 공부 무척 잘하는구나? 그런데 전교 1등과 2등은 무슨 차이지?"

"등수 차이지요."

"하지만 선생님이 보기에는 다른 사람이 정해 준 등수는 그다지 중요하지 않아. 내가 마음 편히 공부하고 내가 노력해서 내 머릿속에 들어 있는 내용이라면 등수는 필요가 없어. '위기지학 위인지학爲己之學 爲人之學'이라는 말이 있는데 '자기를 위해 하는 공부, 남에게 보이기 위해 하는 공부' 이렇게 해석하거든. 아이쿠, 말이 너무 어렵지?"

아이에게 등수에 연연하지 않는 마음을 가지면 좋겠다고 이야기했습니다.

"저도 심리적인 원인이라는 걸 알아서 스트레스를 안 받고 마음을 편하게 가지려 노력해도 배는 아파요."

어머니도 아들이 전교 1등을 한번 해 보겠다고 하니 얼마나 뿌듯할까요. 하지만 아이가 힘들어하고 아파하는 걸 보면서 1등은 안 해도 좋겠다고 합니다.

스트레스가 큰 일, 작은 일로 병의 무게를 따지기는 어렵습니다. 작은 일에도 스트레스를 많이 받는 '스트레스 감수성'이 높은 사람들도 있고요. 그리고 소화기관은 사람의 의지와 상관없이 자율신경계의 조절을 받습니다. 짧은 시간에 큰 스트레스를 받으면 자율신경계가 제대로 작동하지 못해서 소화기관뿐만 아니라 심혈관계, 호흡기 같은 몸의 여러 기관에 영향을 미칩니다. 이를 '자율신경실조증'이라고 합니다. 시험을 앞두고 소화불량, 설사 또는 심한 변비에 시달리는 경우가 이런 경우입니다. 심장이 심하게 두근거리는 아이들도 있습니다. 이 아이처럼 아무리 마음을 편히 가져도 과민대장증후군을 겪게 됩니다. 의지와 상관없이 말입니다.

'증후군'이라는 말이 붙은 병명이 참 많습니다. 생리전증후군, 아토피증후군, 갱년기증후군, 근막동통증후군……. 증후군이라는 말은 병의 증상이 여러 가지고 그 원인이 불분명할 때 쓰는 용어입니다. 다시 말해 증후군은 여러 개의 증상이 하나로 연결되지만 그 까닭을 밝히지 못하거나, 병의 원인이 한 가지가 아닐 때 병에 준하여 부르는 것입니다. 병명이지만 정확한 병명도 아닌 것이지요.

그렇기 때문에 환자들에게 ○○증후군의 뜻은 '모른다'로 기억하라고 합니다. 아픈 원인도 여러 가지라 딱 하나로 말하지 못하니 잘 '모른다'이고 치료법도 워낙 여러 가지고 치료 효과도 일반화되어 있지 않으니 잘 '모른다'로 기억하라고요. 하지만 여러 가지 시도를 하다 보면 환자 스스로 '이렇게 하면 아프지 않는구나' 하고 알게 되기도 합니다. 스트레스가 생길 만한 상황을 앞두고 좋아하는 차를 마시면서 긴장을 누그러뜨려 자기만의 치료법을 찾은 환자, 중요한 발표를 앞두고 화장실에서 일부러 소리를 마음껏 질러 긴장을 푸는 환자가 그런 경우입니다.

앞서 본 아이는 똑똑한 만큼 평소에 음식 관리를 해야 하고 시험기간에는 마음 관리를 해야 한다는 것을 잘 알고 있어서 이야기 나누기가 쉬웠습니다. 하지만 과민대장증후군은 금세 해결하기 쉽지 않은 질환입니다.

뭐든 교류하고
소통이 되어야

우리 한의원은 도농복합도시인 경기도 파주시에 있습니다. 농사가 생업인 분들도 있고 아파트 단지가 새로이 들어서서 서울로 출퇴근하는 분들도 있습니다. 이곳에 터 잡은 지 몇 해 되다 보니 아이들이 자라나며 맞는 변화도 함께하게 되지요.

엄마가 치료받는 동안 대기실에서 만화를 보면서 기다리던 여자아이가 있었습니다. 표정도 밝아서 다른 환자들이 지나가면서 "아이고 착하다. 엄마 치료받는 동안 조용히 잘 있네" 하며 칭찬해 주던 아이였습니다. 엄마를 따라온 꼬마 보호자였던 이 아이가 초등학교 5학년이 되어 환자로 한의원에 왔습니다.

자주 보던 아이지만 아파서 온 것은 처음입니다. 엄마가 말하는 아이의 증세는 변비와 월경통입니다. 엄마도 어렸을 때부터 월경통이 심해서 아이도 그럴까 봐 걱정이었다고 합니다.

4학년 겨울부터 월경을 시작한 아이는 월경 때마다 조퇴를 했고, 맞벌이인 부모는 딸아이가 조퇴하고 집에 혼자 있는 것이 불안했습니다. 진통제를 먹여서 학교에 보내는데도 아이는 교실에 한 시간도 있지 못하고 보건실로 갑니다. 보건실에서도 안절부절 못하며 누워 있지도, 앉아 있지도 못하고 집에만 가고 싶어 합니다. 신기하게도 방학에 월경을 하면 통증이 없다고 해요.

그런데 5학년이 되니 날이 갈수록 증상이 심해지고 월경을 시작하지도 않았는데 '아무래도 오늘 오후쯤 시작할 것 같다'며 학교에 가기 싫다고 한답니다.

엄마는 탕약을 지어 먹이고 싶어 했습니다. 아이가 월경을 할 때마다 진통제를 먹이는 것보다 탕약을 먹이면 마음이 좀 편할 것 같다고요. 엄마는 반차를 내고 온 거라 다시 서울로 출근을 해야 해서 저보고 알아서 해 달라며 서둘러 나갔습니다. 아이와 둘만의 시간. 맥도 잡아 보고 언제 통증이 심한지, 콕콕 찌르는지 무지근한지, 진통제가 효과는 있는지, 보건실에서는 어떤 조치를 해 주는지 물었습니다.

"그냥 아프고, 그냥 싫어요. 약을 먹어도 아프고요. 보건 선생님이 따뜻하게 찜질을 해 줘요. 그러면 조금 좋아졌다가 다시 아파요. 찌르는 통증은 아니고요, 아래가 무거워요."

집에 가서 쉬면 괜찮냐고 물었습니다.

"집에서는 편한 옷 입고 생리가 새어 나와도 상관없으니까 좋아요. 울컥하고 나올 때 언제든지 화장실에 갈 수 있고요. 냄새 나서 남자아이들이 킁킁거리는 거 신경 안 써도 되고요. 그런데 어른들이 월경을 아이를 낳을 수 있는 어른이 되는 과정 가운데 가장 큰 축복이라고 이야기하는 게 이상해요. 선생님도 그렇게 생각해요?"

이 아이에게는 월경 현상이 너무나 불편하고 불쾌한 일입니다. 그래서 아무도 없는 집으로 도망쳐 혼자 있으면 괜찮아지는 것이죠. 제 생각에는 낯선 일을 어떻게 받아들여야 할지 모르는 적응의 문제, 난처한 상황에 대처하는 문제, 서투름의 문제입니다. 누군가와 월경에 관해 아주 사소한 것이라도 하나씩 나누다 보면 나아질 증상이지요. 먼저 월경 현상에 대해 이야기 나눌 친구가 필요합니다.

"너도 생리해? 나도 생리해. 냄새? 어쩌겠어. 냄새가 안 날 수 없잖아. 나 아래에서 또 울컥했어. 조금만 참아. 쉬는 시간 10분 전이니까 화장실 같이 가 줄게."

이런 이야기를 나눌 친구 말이지요. 하지만 교실의 반은 남자아이들이고, 여자아이들 가운데 월경을 하는 아이가 몇 명이나 있는지 이 아이는 알지 못합니다.

우리에게는 '생리'라는 말이 더 익숙하지만 '월경'이 정확한 표현입니다. 생리는 '여자 몸의 생리적 현상으로 나타나는 월경'을 줄인 표현입니다.

요즘 아이들 성장 상태로 볼 때 아이 반에 적어도 다섯 명 정도는 월경을 할 거라고 생각합니다(2010년에는 만 12세, 2015년에는 만 11.7세, 2020년에는 만 10.5세로 초경 연령이 점점 낮아지고 있습니다). 그 다섯 명쯤 되는 아이들 가운데 친한 친구가 있으면 다행이지만 친하지 않아 부끄러워 말을 못 한다면 이토록 당황스러운 느낌을 나눌 길이 없습니다. 월경 때마다 혼자가 되는 아이. 아이를 설득하려고 이렇게 물었습니다.

"가슴은 어때? 가슴이 나오는 것은 부끄럽지 않니?"

"여자 연예인들 가슴이 예쁘면 보기 좋잖아요. 그래서 가슴에 대해서는 그런 생각 안 해 봤어요."

이 아이에게 젖가슴이 커지는 것은 부끄러운 일이 아닙니다. 오히려 작을까 봐 두렵다고 합니다. 어떻게 하면 월경 현상을 편하게 적응하도록 도와줄 수 있을지 고민하다가 월경 이야기를 나눌 친구를 만들어 보라고 했습니다. 보건실에 월경으로 오는 또래가 있으면 부끄럽게 생각하지 말고 이야기 나누기, 반 친구 가운데 누가 월경을 하는지 알아보고 이야기 나누기, 젖가슴이 부끄럽지 않듯 월경통도 부끄럽게 여기지 않기, 월경혈 냄새가 나도 자연스러운 것으로 여기기, 새는 것이 걱정되어도 꽉 끼는 옷보다 편안한 옷 입기, 무엇보다 당당해지기! 이것 말고는 아이에게 해 줄 이야기가 없었습니다.

아이의 두 번째 증세는 변비. 평소에는 변비로 고생하지 않지만 월경 때는 변비가 생긴다고 합니다. 보통은 '월경전증후군'으로 변비를 호소하고 월경을 시작하면 오히려 변이 잘 나온다고 하는 것과 반대였습니다. 왜 그럴까 한참을 고민해 보니 이 아이는 평소 활발하게 활동하다가도 월경 때만 되면 태권도 도장도 가지 않고 체육 시간에도 움직이지 않고 줄곧 누워 있거나 집에만 있어서 활동량이 줄어듭니다. 또 피가 샐까 봐 꽉 끼는 속옷을 입고 다닙니다. 화장실에 가도 오로지 월경혈 처리만 머릿속에 있어서 똥을 누고 싶은 생각은 들지 않는 것이죠.

"화장실 가도 똥을 누고 싶지 않아요. 그러다 4일 정도 지나면 그때 똥을 눠요. 이런 게 변비지요?"

변비는 변을 날마다 보지 못해서 걸리는 병이 아니고, 변을 볼 때 똥이 너무 딱딱해서 힘이 많이 들거나 피가 보이면 변비라고 말합니다. 아무런 통증이나 힘든 증상 없이 이틀에 한 번씩 변을 보는 사람도 있거든요. 이 아이는 일시적인 장운동 부족에 월경에 온 신경이 집중되어 똥을 누고 싶은 느낌도 월경통으로 착각했을 수 있습니다.

다음 월경 하기 전에 이야기 나눌 만한 친구를 만들기로 하고 월경할 때 장에서 변을 잘 통과시킬 수 있도록 변기에 앉아서 복부 지압을 하라고 일러 주었습니다.

지압점은 배꼽 양옆으로 2치(약 5~6센티미터) 정도 되는 '천추혈'입니다. 변비혈로도 쓰이지만 장운동을 촉진시켜 주는 혈자리로 생

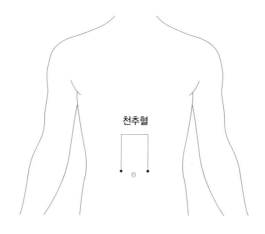

천추혈

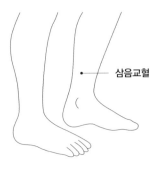

삼음교혈

각하면 됩니다. 어린아이들이 변비로 한의원에 오면 '방귀혈'이라며 알려 주는 혈자리입니다. 방귀도 잘 나오게 하는 혈이거든요.

월경통을 완화시켜 주고 여성 생식기 질환에도 많이 쓰이는 혈자리도 알려 주었습니다. 안쪽 발목에서 무릎으로 3치(약 9센티미터) 올라간 '삼음교혈'. 이름 그대로 세 가지 '음'이 교류하는 혈자리이지요. 남자는 양, 여자는 음이니 여자 세 명이 교류하는 혈자리라고 기억하면 좋겠네요. 여자 친구들과 월경에 대해 교류하라는 의미라며 아이에게 우스갯소리를 했습니다.

'소통'이라는 말은 주로 의사소통에 쓰는 말이지만 변이 막혀 나오지 않는 것을 소통시킨다고 할 때도 씁니다. 여러 친구들과 소통하여 월경이 혼자만의 일이 아니라는 걸 알고 아이가 밝게 자랐으면 좋겠습니다.

설사와
지사제

유치원에 다니는 여섯 살 아이가 설사 때문에 한의원에 왔습니다. 얼굴이 창백해 보이고 오래 아팠던 모습입니다.

"아이가 감기로 오래 아파서 항생제를 좀 먹였어요."

"감기는 다 나았나요?"

"예, 그런데 설사를 해서 다니는 소아과에 갔더니, 항생제 때문에 그럴 수 있다고 지사제를 주는 거예요."

"전에도 항생제 먹고 그런 적이 있나요?"

"이번에 처음으로 항생제를 먹였어요."

"아주 건강한 편이었네요. 여섯 살에 첫 항생제라니……."

"지사제는 받았는데 안 먹이고 싶어요. 항생제도 안 먹이려고 했는데, 소아과 원장님이 꼭 먹어야 한다고 해서 먹였거든요."

정말 운이 좋고 건강한 아이입니다. 항생제가 감기 치료제가 아니라는 건 부모님들이 많이들 알고 있습니다. (감기는 바이러스이고 항생제는 세균을 없애 주는 것입니다.) 하지만 감기인 줄 알았던 게 사나흘 지나도 열이 지속되니 세균성 감염을 의심했을 겁니다. 그래서 소아과 원장님이 처방을 내렸고 항생제를 먹은 아이는 빠르게 나았습니다. 전에도 감기에 걸리긴 했는데, 아이가 밥도 잘 먹고 잘 견뎌서 항생제는 이번에 처음 먹은 것입니다. 여섯 살이 되도록 세균성 감염이 없었다니, 정말 운이 좋은 아이입니다. 그런데 항생제 때문에 설사를 하니 부모는 지사제를 먹여야 할지 고민이 되는 것이지요.

"예전에 아이가 감기 걸렸을 땐 어떻게 치료하셨어요?"

"집에서 푹 쉬게 하고 따뜻한 물과 차를 많이 먹였어요."

"설사할 때도 그렇게 하시면 돼요. 어머니가 일을 해서 아이가 유치원에 가야 한다면, 유치원에서 설사를 자주 하는 게 아이도 힘들고 선생님도 힘드니 지사제를 먹이라고 하겠지만, 집에서 화장실 가고 싶을 때 갈 수 있고 편히 쉴 수 있다면, 지사제 없이 설사 몇 번 하는 것은 괜찮다고 봐요."

"그래도 계속 설사를 하면요?"

"항생제 때문에 하는 설사는 그리 오래가지 않아요. 상한 음식 때문이라면 좀 더 오래가긴 합니다. 하루 네 번 넘게 설사하거나 이틀 넘게 설사를 하면 몸이 힘들어지니 지사제를 권하기도 합니다."

"그럼 집에서 어떻게 해야 할까요? 배를 만져 줄까요? 뭘 먹이면 좋을까요? 감기 때는 유자차나 레몬차를 먹였거든요. 어떤 차가 좋을까요?"

"아시다시피 설사 자체는 병이 아니에요. 설사 때문에 수분이 너무 빠져나가서 탈수가 될까 봐 걱정하는 거죠. 전해질 문제를 걱정하는 거라 병원에서는 어린이한테 식용 식염수를 많이 권해요. 차에 소금을 조금 넣어 먹여도 좋아요. 설사하는 아이한테 과일 주스를 주기도 하는데, 당분보다는 염분이 몸에 더 필요할 겁니다. 죽이나 맑은 스프도 좋아요. 죽이나 스프에 소금 간을 하는 것도 좋고요."

"지사제 먹이지 말고 하루 기다려 보라는 말씀이지요?"

"예, 그래도 처방전은 받았으니 약국에서 약은 받아 가세요. 지사제가 있어야 안심이 되지 않을까요?"

그날 오후에 직장에 있던 남편에게 문자가 왔습니다.

'어제 회식 때 먹은 게 잘못되었나 봐. 오전에 한 번 설사, 점심 먹고 나서 방금 또 설사.'

바로 전화를 걸어 물으니 아침에 배가 아파 설사를 했다고 합니다. 워낙 건강한 사람이라 설사하는 경우가 거의 없어서 음식 탓이려니 생각하고 점심을 먹었는데, 또 설사를 하니 몸이 힘들다고 합니다.

"설사에 좋은 약을 좀 가지고 와 줘요. 아니면 내가 집에 가는 길에 약국에서 지사제를 사 갈게요."

"지사제는 사 오세요. 밤에 심해지면 바로 먹을 수 있게요. 한의원에서 한약 가지고 갈게요."

한의사 집에는 양약이 있을까요? 없을까요?

해열제, 있습니다.

진통제, 있습니다.

지사제는 이번에 샀습니다.

응급으로 쓸 수 있는 약들은 직업에 상관없이 꼭 갖춰 놓아야 한다고 생각합니다.

그날 제가 가지고 간 한약은 '평위산'이었습니다. 한의사들은 대부분 음식 때문에 생기는 설사 복통에 '위령탕'을 사용하지만 한의원에서 약을 달일 시간이 없었습니다. 그래서 성분이 가장 비슷한 가루약(제약회사에서 한약제를 잔 알갱이 형태로 만들어 파는 약입니다)인 평위산(성분은 창출, 후박, 진피, 감초입니다)을 가져갔습니다.

집에 가니 먼저 퇴근한 남편이 세 번째 설사를 했다고 했고 기운이 하나도 없어 보였습니다. 저녁도 힘들어서 못 먹겠다고 하고요. 먼저 평위산을 먹게 한 다음 배에 따뜻한 찜질을 해 주고 한숨 자게 했습니다.

"자고 일어나니 배 아픈 거는 덜하네요. 지사제도 먹을까요?"

"음식이 원인이면 나쁜 세균이 설사를 통해 몸 밖으로 빠지는 거예요. 지사제로 설사를 멎게 하면 세균이 몸속에 더 오래 남게 돼요. 오늘 밤까지 기다려 봐요."

"이 한약은 원리가 뭐예요? 이것도 지사제 아닌가요?"

"이 약에 들어 있는 '창출'은 장 안 수분을 조금 줄이는 역할을 해요. 그래서 설사를 멈추기보다는 줄여 줘요. '후박'은 배에 가스를 줄여 주고요. 그래서 복통이 좀 줄어들어요. 쉽게 말해서 '틀어막는 지사제'가 아니라 사람이 견딜 만큼 증상을 줄여 주는 약으로 이해하면 좋아요."

다행히 그 뒤로 남편은 설사를 하지 않았고 다음 날 아침이 되자 속이 괜찮아졌습니다.

평위산은 원래 소화제입니다. 위를 평안하게 한다는 뜻을 담고 있지요. 그런데 소화기관은 위, 소장, 대장이 연결되어 있습니다. 그리고 어느 한 장기만을 위한 한약은 없습니다. 몸 전체의 조화를 관리하게 되어 있지요. 몸의 수분을 조절한다거나 체온을 올린다거나 하는 원리로요. 그래서 소화에 도움이 되는 약이 심하지 않은 설사에도 효과가 있는 것입니다.

남편이 밤에도 설사를 했다면 저는 어떤 선택을 했을까요? 다음 날 남편이 출근을 안 할 수 있다면 지사제를 먹지 말라고 했을 겁니다. 하루 더 한약을 먹으면서 기다려 보자고 했을 거고요. 하지만 정말 중요한 일이 있어 출근해야 한다면 지사제를 주었을 겁니다. 회사 일은 40대 직장인이 설사로 이틀이나 아프도록 기다려 주지 않으니까요.

두 사람 모두 지사제를 먹지는 않았지만 만약을 위해 가지고 있었기 때문에 증상이 나아지길 기다리고 불편함(복통, 설사)도 참을 수 있었을 겁니다. 이처럼 약은 때로 먹지 않아도 효과를 보곤 한답니다.

매실

어릴 적에는 약으로 알고 먹었던 매실. 매실청은 소화제일까요?

소화가 안 되어 매실청을 먹었는데 그래도 속이 편해지지 않아 한의원에 온 환자가 있었습니다. 평소 속이 좀 더부룩할 때 매실청으로 속을 달랬는데 이번에는 오히려 속이 더 아팠다고 합니다.

《동의보감》에는 '밀가루 음식을 먹고 소화가 되지 않아 배가 팽팽한 경우 오매육으로 환을 만들어 끓인 물에 30알씩 먹는다'는 글이 나옵니다. '오매육'은 검은 매실 과육이라는 뜻입니다. 오매는 덜 익은 푸른 매실을 짚불 연기에 그을린 뒤 말려서 만듭니다.

이 글을 보면 소화가 안 될 때는 오매환을 먹어야지 매실청을 먹는 것은 아닙니다. 설탕이 없던 시절이니 《동의보감》 어디에도 매실청 이야기는 나오지 않습니다. 하지만 매실을 써서 만든 것이니 효능이 아예 없지는 않겠지요. 오매가 가진 한의학적 효능이 민간에 전해져서 매실청 민간요법이 생긴 듯합니다.

또 다른 민간요법으로 아이가 배가 살살 아프고 설사를 할 때도 매실청을 먹이는 부모가 있습니다. 이때는 매실청을 지사제로 사용한 것입니다. '고장환'이라는 약이 있습니다. '장을 단단히 굳게 만든다'는 뜻이 있는 이 약은 기가 허하고, 비위가 약해서 오랫동

안 설사를 하는 사람에게 줍니다. 여기에도 오매육이 들어갑니다. 기가 허하고, 아직 비위와 장이 완벽하지 못해 설사하는 아이에게 먹이는 것이니, 이 처방약에서 응용한 것이겠지요.

오매가 들어가는 탕약으로 한여름 더위 먹었을 때 갈증을 풀어 주는 '제호탕'도 있습니다. 오매육, 초과, 사인, 백단향이라는 약재를 가루 내어 꿀을 넣고 중탕으로 끓이면서 약재가 꿀과 어우러지도록 합니다. 매실청을 먹으면 갈증이 풀어지는 것과 연관 지을 수 있겠지요.

매실은 효능이 많아 당장이라도 청을 담고 싶어집니다만 주의해야 할 점이 있습니다. 매실은 구연산이 풍부한 과실이라 위산이 많이 분비되어 속이 자주 쓰리는 사람은 매실을 자주 먹는 것이 좋지 않습니다. 소화가 안 돼서 매실청을 먹었더니 속이 더 아팠다면 소화력 부족이 아니라 위염이나 식도염 같은 위산 과다분비를 의심해 보아야 합니다.

《동의보감》에는 '생매실은 맛이 시고, 치아와 뼈를 손상시키며 허열을 일으키니 많이 먹으면 안 된다'고 나와 있습니다. 그러니 매실은 조심해서 먹어야 합니다.

정적 속 코골이

월요일 아침, 대기실이 환자로 꽉 찼습니다. 자주 있는 일은 아닌데, 차트를 보니 일찍 치료받고 출근하려는 젊은 환자들이 많았습니다.

주말에 등산을 하다가 발목을 다친 분, 넘어져서 손목이 아픈 분, 집 대청소를 하느라 허리가 아픈 분들이었습니다. 환자들은 동시에 치료실에 들어가 물리치료와 침 치료를 받았습니다. 발목이나 손목을 다친 분은 얼음찜질을 하고 나머지 분들은 따뜻한 찜질을 했습니다. 분주했던 간호사들도 잠깐 자리에 앉아 쉬었습니다.

그때부터 코 고는 소리가 들리기 시작했습니다.

보통은 두세 명이 찜질을 할 때 다른 환자는 침 치료를 받거나 물리치료를 받습니다. 치료실에서는 제 목소리와 간호사 목소리, 아픈 곳을 설명하는 환자 목소리가 뒤섞이기 때문에 조용한 시간은 길어야 5분입니다. 코 고는 소리가 들려도 환자들이 참거나, 제가 다른 환자에게 설명하는 소리에 코를 골던 환자가 잠을 깨곤 합니다. 그래서 누군가가 코를 골아도 문제가 된 적이 없습니다. 그런데 그날은 환자들이 동시에 찜질을 받으니 20분 가까이 다른 소리가 없었습니다. 오직 코 고는 소리뿐.

처음에는 약간 큰 숨소리로 시작되었습니다. 그러다가 코 속의 살이 떨리는 소리로 커졌습니다. 다음엔 입으로 '휴' 하는 소리가 들렸습니다. 쉬고 있던 간호사가 제게 왔습니다.

"환자분이 코를 심하게 고는데 어떡할까요? 치료실 안이 너무 조용해서요."

"다른 환자분들이 아무 말씀 없으면 그냥 두세요."

그렇게 말하고 치료실에 들어가 보니 코 고는 소리가 점점 커집니다. 다른 환자분들이 불평할까 걱정스러울 정도였습니다. 그때 발목에 얼음찜질을 하던 분이 아직 치료 시간이 남았는데 밖으로 나갔습니다. 시끄러워서 그런가 했더니, 출근시간이 다 되어서 얼음찜질은 집에서 하겠다고 합니다.

간호사가 물었습니다.

"코 고는 소리 때문에 푹 못 쉬셨지요?"

"저 정도는 괜찮아요. 제가 바빠서 가는 거예요. 저 환자 꿀잠은 방해 안 하는 게 좋을 것 같아요."

웃으며 나가셨습니다. 이해가 되는 정도다 싶어 그대로 두기로 했습니다.

그때 갑자기 코 고는 소리가 뚝 끊기더니 다시 시작되고 또 소리가 뚝 끊기고 합니다. 50대 여자 환자분이 누군가의 잠을 깨우지 않겠다는 듯 조용히 밖으로 사뿐사뿐 나오셨습니다. "원장님께 드릴 말씀이 있는데"하며 말을 꺼내는데, 편안히 못 쉬었다고 타박하시려나 했습니다.

"저 환자 수면무호흡 같아요. 우리 남편이 저래서 제가 좀 아는데요. 저렇게 코 골다가 아무 소리 안 나면 공기가 안 통하는 거라 산소공급이 안 된다고 해요. 위험하니 원장님이 좀 알려 주세요. 본인들은 자느라 잘 모를 거예요."

두 환자분의 배려 덕분에 걱정을 덜었습니다.

'수면무호흡'의 원인은 여러 가지입니다만, 주요 원인은 코와 입을 따라 폐로 들어가는 공기 길이 좁아지는 것입니다. 공기 길이 좁아도, 깨어 있을 때는 흉곽과 횡격막이 허파에 산소를 보내려고 운동을 활발히 해서 산소가 충분히 전달됩니다. 하지만 잘 때는 공기가 좁은 길로 조금씩 들어오다가 순간적으로 공기 길이 막혀 어느 정도 무호흡 상태를 보이게 됩니다. 무호흡 상태가 길어지면 산소가 들어오는 양이 줄고 몸 전체에 저산소로 인한 문제가 생깁니다.

길이 좁아지는 까닭은 다양합니다. 몸무게가 늘면서 기도에도 살이 부풀어서일 수도 있고, 감기나 과음으로 기도에 염증이 생겨 좁아지기도 합니다. 너무 높은 베개를 써서 생기는 경우도 있고, 드물게는 다친 코뼈가 휘어서 공기 길이 좁아진 경우도 있습니다. 원인에 따라 베개를 바꾸거나, 휘어진 코를 바로잡거나, 몸무게를 줄이면 증상은 사라집니다.

20분이라는 찜질 시간이 그렇게 길게 느껴진 날은 없었습니다.

한 분이 치료비를 내면서 "코 골며 자는 사람이 부럽네. 난 불면증도 있고 잠귀도 밝아서 저렇게 세상모르고 자 본 적이 없거든"합니다. 불면증 환자들은 코를 골더라도 푹 자 보는 것이 소원입니다. 마지막으로 나온 코골이 환자분께 잠시 상담 시간을 내 달라고 했습니다.

"코 골면서 주무시는데 수면무호흡 증상이 보여서요. 환자분도 알고 계신가 해서요."

"제가 군대에서 코 많이 곤다고 혼이 좀 나기는 했는데요, 제대하고 집 떠나서 혼자 살다 보니 코 곤다고 말해 주는 사람이 없어서 잘 모르겠어요."

"이번 명절에 고향에 가면 부모님께 여쭤보세요. 검진도 한번 받아 보시구요."

30대 초반에 체격이 좋은 분이라 비만이 코골이의 원인처럼 보이지만, 무호흡으로 인한 저산소 증상은 심한 것 같지 않아 검진만 권했습니다.

한 달 전쯤 초등학교 동창에게서 전화가 왔습니다.

"남편이 회사에서 건강검진을 했는데 부정맥이래. 뭘 먹여야 하나 싶어서."

"운동은 좀 하셔?"

"맨날 피곤해서 집에 오면 소파에 눕고 운동은 안 하지. 그리고 살이 좀 쪄서 심장도 안 좋다고 하더라구."

"병원에서 어떻게 하자는 이야기는 없었어?"

"심장 수술 받으라는데, 코 수술도 하라는 거야. 원인이 코골이 같다고."

"신혼 때 코 곤다고 하더니 치료 안 받았어?"

"그냥 각방 썼지. 코골이 치료를 따로 받아야 했던 거야?"

친구는 남편이 심장이 안 좋다는 진단을 받았는데 코 수술을 하라고 했다며, 심장과 코골이가 무슨 연관이 있는지 설명은 들었지만 이해가 안 된다고 합니다.

두 가지를 연결하기는 쉽지 않습니다. 앞에서 설명한 것처럼 코골이가 심해지면 수면무호흡으로 발전하고 무호흡으로 인해 저산소증이 나타납니다. 저산소증은 심장에 영향을 주어 부정맥이 나타납니다. 부정맥은 맥이 가지런하게 뛰지 않는다는 말입니다. 우리 심장은 가지런하게 규칙적으로 뛰어야 하고 그것이 맥박이 되는 것입니다. 그러니 심장이 고르게 뛰지 않는 것이 부정맥이지요. 산소가 몸에 원활하게 공급되지 않으면 심장이 더 많은 산소를 얻기 위해 빨리 뛰려 하고, 그러다 보면 심장의 리듬이 가지런하지 않게 됩니다. 그런 부정맥 증상이 계속되면 약하게는 어지러움과 실신, 심한 경우 심장정지까지 옵니다.

"30대까지는 코골이가 심장정지로 이어지는 경우가 많지 않아. 하지만 우리도 나이 들어 가잖아. '40대 50대 심장마비 돌연사' 라는 말이 있는 건 병을 묵혀서 그래. 심장 관련 질환은 검진에서 드러나도 정밀검사를 하면 괜찮게 나오는 경우도 많거든. 부정맥도 심전도에서 증상 있을 때만 잡히는 경우가 많고."

"그럼 이번에 코까지 수술하는 게 좋다는 이야기지?"

"심장내과 의사랑 이비인후과 의사한테 다시 자세한 설명을 부탁해 봐."

친구 이야기만으로 수술을 해야 한다고 말할 순 없었습니다. 수면무호흡도 정도에 따라 병명이 상세하게 나뉘고, 부정맥 또한 그 원인이 수면무호흡에만 있는 것은 아니기 때문입니다. 전문의와 상담이 꼭 필요한 부분입니다. 제가 할 수 있는 역할은 그저 두 병의 연관성에 대해 설명해 주고 병이 심각해지는 경우를 말해 줘서 병을 묵히지 않도록 하는 것입니다.

이 글을 보신 분들은 코 고는 사람에게 심장마비 이야기까지 하지는 말고, 시끄럽다고 구박도 말고, '이비인후과에 같이 가 보자'며 따뜻하게 챙겨 주시기를 바랍니다.

담석과
담낭염

해마다 봄이 되면 아내는 탕약을 지어 먹는데 남편은 안 먹는 노부부가 있습니다. 탕약을 찾아갈 때는 꼭 남편이 오시기에 여쭤봤습니다.

"아버님은 왜 안 드세요?"

"옛날에는 봄마다 먹었어. 그러다 담석 수술을 받았는데 그때 의사가 홍삼, 한약, 진액 같은 거 먹지 말라고 해서 그다음부터는 안 먹어."

"한약을 꼭 먹어야 하는 것은 아니니까요. 건강하고 식사만 잘한다면 굳이 안 드셔도 되지요."

70대지만 봉사활동도 많이 하고 목소리도 쩌렁쩌렁한 분이라 탕약을 먹지 않아도 될 만큼 건강한 분이라는 걸 알 수 있었습니다. 그러다 두 달 정도 두 분을 뵙지 못해서 궁금하던 차에 따님이 한의원에 왔습니다.

"원장님, 지난번에 어머니가 드신 탕약 있지요. 같은 걸로 한 번 더 지어 주세요."

"가까이 있으니 맥이라도 보게 어머니가 오시면 좋겠어요."

"아버지가 한 달 전에 넘어지면서 어깨 수술을 하셨어요. 어머니가 간병한다고 같이 계시거든요."

"아, 그래서 그동안 한의원에 못 오신 거군요. 간병인을 안 두고 어머니가 직접 하세요?"

"아시잖아요. 두 분 꼭 같이 다니시는 거요. 우리 부모님이지만 금실이 아주 좋아요."

"그런데 아버님이 수술하셨는데 약은 어머니 걸로요?"

"간병이 힘들어서 탕약 드시면서 해야 할 것 같아요."

병원에 입원한 환자보다 간병하는 보호자가 더 힘든 경우가 많습니다. 잠자리도 불편하고 환자도 신경 써야 하니 말입니다.

"그런데 어깨 수술인데 한 달이나 입원을 하고 계세요? 평소 아버님 체력이면 일주일이면 될 텐데요."

"맞아요, 일주일 만에 퇴원하려고 했는데 갑자기 배가 아프다고 해서 검사를 했더니 또 담석이 생긴 거예요. 그래서 수술을 또 했어요. 이참에 이것저것 다 검사하려고요."

다행히 다른 검사에서는 문제가 없었다고 합니다. 그런데 이번이 벌써 세 번째 담석 수술이라고 합니다. 이번에는 배도 아프고 등도 아픈 것이 담석 같다고 아버님이 먼저 의사에게 이야기를 했다고 합니다.

자주 재발하는 병을 가진 분들 가운데 검사하기도 전에 먼저 병이 재발한 것을 알아차리는 분들이 꽤 많습니다. 경험에서 생긴 직감이겠지요. 아무튼 그렇게 해서, 간병하는 어머님을 위한 탕약을 짓게 되었습니다.

한 달 뒤 아버님은 수술한 어깨가 밤마다 무지근하다며 침 치료를 받으러 오셨습니다. 어깨 수술도 담석 제거술도 모두 잘 되어서 여전히 쩌렁쩌렁한 목소리를 들을 수 있었습니다.

다시 봄이 왔고 어머님은 탕약을 지으러 왔습니다. 그런데 이번에는 아버님도 같이 상담을 받고 싶다고 하셨습니다.

"내가 요즘 소화가 안 돼. 평생 이런 적이 없었거든. 몸도 으슬으슬하고 열은 조금 있는데 감기는 아니야. 콧물도 안 나거든. 기력이 떨어졌나 봐."

"음식이 잘못된 건 아닐까요? 설사는요?"

"속은 미식거리는데 설사는 안 하고, 맨날 집밥 먹는데 음식이 잘못될 리는 없어. 그러면 우리 집사람도 탈이 나야지."

"그렇죠. 지난번에 수술한 어깨는 좀 어떠세요?"

"요즘 더 아픈 것 같아. 근데 이게 팔이 아픈 건지 등이 아픈 건지 잘 모르겠네."

아버님은 오른쪽 배가 당기고 수술한 어깨 쪽 등이 불편하다고 했습니다. 무슨 까닭인지 생각해 보니, 아버님은 담석 수술도 세 번이나 받았고 오한에 발열, 체기, 구토가 있다는 사실을 깨달았습니다. 아픈 부위도 담낭, 다시 말해 쓸개가 있는 자리였습니다. 담석이 있었으니 염증이 생기기도 쉬운데 '건강한 사람'이라는 이미지에 갇혀서 판단을 못 하던 제가 보였습니다.

"아버님, 담낭염 같은데요."

"아이라! 내가 담낭 쪽은 훤하잖아. 그거는 이거보다 훨씬 아파. 때굴때굴 구른다니까."

"담석은 아버님이 박사죠. 이번에는 담에 돌이 아니고 염증이 생긴 것 같아요. 담석 수술한 지 일 년이 다 되어서 조만간 검진 잡혀 있으시지요?"

"검진이 다음 주지. 그때 가면 될까?"

"검진 날짜 앞당겨서 내일 받고 오세요. 깨끗하다고 하면 제가 바로 약탕기 돌릴 수 있게 준비해 둘게요."

"우리 집 식구들이 다 믿는 원장님이니까 말씀 들어야지."

시원시원한 목소리만큼 결정도 시원하게 해 주셨습니다. 아무튼 이번에도 어머님 탕약만 짓게 되었습니다. 달여 놓은 탕약을 찾으러 따님이 왔길래 아버님 검사 결과를 물으니 '담낭염'이었다고 합니다.

"우리 아버지는 한약도 안 드시는데 왜 자꾸 담낭에 문제가 생길까요?"

"한약이랑은 상관없고요. 담석, 담낭염이 잘 생기는 체질이 있어요. 저는 오히려 쓸개에 그렇게 자주 문제가 생겨도 아버님이 식사 잘하시고 소화가 잘 되는 게 신기해요. 보통은 소화가 잘 안 되고 속이 쓰린 분들 가운데 담석 환자가 많거든요."

한번은 만성 소화불량에 시달리는 아기 엄마가 온 적이 있습니다.

"야식 자주 드세요?"

"애가 잠들면 남편이랑 치맥을 해요. 그래야 스트레스가 풀리거든요. 그런데 요즘 유난히 소화가 안 되고 힘들어서요. 둘째도 가지려는데 잘 안 되고요. 산부인과에서는 문제없다는데 제가 살이 쪄서 그럴까요?"

"야식을 끊으면 될 것 같은데요? 소화제 드릴 테니 먹으면서 노력해 보세요."

하지만 야식을 끊었는데도 밤마다 배와 등이 아프고 소화도 안 된다고 합니다. 침 치료를 세 번 정도 받고 나서 제가 제안을 했습니다.

"혹시 모르니까 복부 초음파 한번 받고 오실래요? 담석이 좀 의심돼서 그래요. 사흘 동안 죽만 드셨는데 소화가 안 된다는 건 너무 이상하거든요."

그 뒤로 한동안 소식이 없었는데 길에서 그분과 마주쳤습니다. 쌍둥이 유모차를 끌고 어린아이와 걸어오고 있었습니다.

"원장님, 이렇게 길에서 보네요. 저 그때 담석 수술 했어요. 그리고 바로 임신도 했답니다. 그 아이들이 이 쌍둥이예요. 산부인과에서 그러는데 담석 때문에 아이가 안 생겼다고 하더라고요."

"정말 다행이네요! 그런데 쌍둥이 키우느라고 이렇게 마르신 거예요?"

"이 몸이 원래 제 몸이에요. 가장 뚱뚱했을 때 보셨던 거예요."

건강도 찾고 쌍둥이도 얻고 아이 셋을 키우면서도 힘들어 보이지 않는 그이, 담석이라는 놈이 없어지니 더 큰 행복이 찾아왔습니다.

3장

밖에서 오는 불편함

$+$

외과적 질환

식구들보다
자기 건강 먼저!

그이는 마흔 살까지 직장 일만 하며 살다가 안 할 것 같던 결혼을 하고 안 생겨도 좋지만 하나쯤은 바랐던 아이를 낳았습니다. 나이 들어 만나서인지 남편의 어떤 행동도 이해 못 할 게 없었고, 남편을 쏙 닮은 아들이 마냥 귀여웠습니다. 일하는 여성으로서의 삶을 멈춘 것이 하나도 후회되지 않는 나날이었습니다.

"늦은 출산으로 무릎도 허리도 아프지만 정말 행복하네요. 그런데 집안일이, 제가 아직 익숙하지 않아서 그런 것도 있지만, 하루 종일 바쁘게 해야 끝이 나네요. 전업주부는 아무나 하는 게 아닌가 봐요."

집안일을 회사일 하듯 완벽하게 하던 그이는 화장실 청소로 손목이 아팠고, 베란다 화분을 옮기느라 허리가 아팠습니다. 아이가 크면서 한의원에 올 일은 더 많아졌습니다.

"아기를 변기에 앉히다가 허리를 삐끗했어요."

아이가 학교에 입학한 뒤로는 한동안 한의원에 오지 않더니 하루는 팔이 아프다며 왔습니다.

"원장님, 저 목 디스크 같아요."

"팔이 저리세요?"

"팔꿈치 안쪽하고요, 요기 두 손가락이요. 손목도 여기가 아파요."

그이는 말하면서 엄지와 집게손가락 그리고 새끼손가락 쪽 손목뼈를 가리켰습니다.

"부위상 목 디스크는 아닌 듯해요. 목 디스크로 손가락이 저릴 수는 있지만 환자분 증상에는 일관성이 없어요."

목 부위 경추 디스크가 돌출이 되거나 파열이 일어나면 부위에 따라 증상이 나타나는 곳도 정해져 있습니다.

"엄지 손가락과 엄지를 따라 팔로 올라가는 이 부위가 같은 경추 영역이구요. 새끼손가락과 환자분이 말한 손목뼈, 팔 아래쪽이 같은 경추 영역이에요. 팔꿈치 안쪽도 여기에 속하구요."

"아, 그래요? 제가 목을 숙이고 뭘 좀 했거든요. 그러고 나서 팔이 저리길래 목 디스크인가 했어요."

"혹시 뜨개질하셨어요? 제가 딱 코바늘로 뜨개질하고 나면 뻐근한 부위랑 같거든요."

"어떻게 아셨어요? 저 코바늘뜨기로 여름용 침대보를 만들었어요. 원장님도 그런 거 하시는구나."

"네? 코바늘로 침대보를요? 팔이 아플 만하시네요."

"남편이 워낙 더위를 타서요. 좀 시원하게 자라고 만들기 시작했어요."

"제가 해 봐서 아는데 한참 만들 때는 팔이고 목이고 안 아파요. 그런데 다 만들고 나면 여기저기 아픈 데가 나타나요."

"역시 뜨개질을 해 봐서 아시네요. 제가 지금 딱 그래요. 목, 허리, 손 안 아픈 곳이 없어요."

치료는 뒷전으로 하고 그이 휴대전화 속 코바늘 작품 사진을 감상하다가 제 전화기 속 퀼트부터 아이들 목도리 사진까지 서로 보여 주며 같이 수다를 떨던 기억이 납니다.

또 다른 환자분은 식구들 건강이 걱정되어 하루는 친정어머니, 다음 날은 남편, 그다음 날에는 아들과 한의원에 왔던 분입니다. 상담을 충분히 받으려고 다 같이 오지 않고 날마다 다른 날로 예약을 하고 왔습니다.

그런데 사흘 동안 보다 보니 식구들을 이리 챙기는 이분의 목 움직임이 이상합니다. 옆을 볼 때 고개를 돌리지 않고 허리를 돌려서 봅니다. 식구들 상담이 끝나고 제가 물었습니다.

"어머니는 목이 아픈 거지요? 고개 돌릴 때 불편해 보이는데."

"가끔 목이 이렇게 돼요. 그런데 한 사흘 지나면 괜찮아져요."

"오늘까지 사흘째 뵙는데, 나아지는 기미가 안 보이거든요. 침 치료 한번 받으셔야 될 것 같은데요."

"지금은 아들 학원에 데려다주어야 해서요. 내일은 남편이 야간 근무라 집에서 좀 챙겨 주어야 하구요. 주말에는 친정어머니 혈압약 타러 같이 가야 해요. 다음 주에 시간 내서 올게요."

"제가 보기에 네 분 가운데 가장 급한 사람은 어머니예요."

이분이 바쁘다고 해서 잠깐 옷을 어깨까지 올리게 하고 양쪽 팔을 견주어 보았습니다.

"감각이 어떠세요?"

"가끔 왼쪽 팔뚝이 차가워요. 손도 저리구요. 그것도 한 사흘 지나면 좋아져요."

"환자분 목 디스크가 돌출되어서 이런 증상이 생기는 거 알고 계세요?"

"목 디스크인지는 모르겠는데요. 일자목이라는 이야기는 들었어요. 그래서 목이 안 돌아가면 그것 때문이겠거니 합니다."

"지금은 목 디스크가 터진 응급상황은 아니지만 꼭 치료 받으셔야 해요."

그렇게 가장 아파 보이는 분이 침 치료도 못 받고 친정어머니와 두 아들의 탕약만 지어 갔습니다. 그다음 주에 탕약을 찾아가라고 전화를 드렸더니 남편이 왔습니다.

"원장님, 저랑 이야기 좀 나눌 수 있나요? 집사람이 병원에 입원했습니다."

걱정하던 일이 일어났습니다. 아내는 친정과 시댁 쪽 모든 살림을 알뜰히 챙겼다고 합니다. 양쪽 부모님들 병원 갈 때마다 따라다니고 아이들도 잘 챙기고 집안 살림도 완벽하게 하는 분이랍니다. 남편분이 아내 자랑을 끝도 없이 하더니 한 가지 불만이 있다고 합니다.

"자기 몸 챙길 줄을 몰라요. 어젯밤에 끙끙거리며 자길래 물었더니, 팔이랑 목이 너무 아프다는 거예요. 병원 응급실 갔더니

의사가 수술해야 한다고 하는데 할 일이 많다고 진통 주사 맞고 집에 간다는 겁니다. 어찌해야 될까요?"

"제가 시티CT나 엠알아이 사진을 본 것은 아니지만 진짜 수술이 필요한 걸 수도 있어요."

"집사람이 그래도 원장님을 믿으니 전화통화 한 번만 해 주실래요?"

그렇게 해서 그분과 통화를 했습니다. 수술이 꼭 나쁜 것은 아니다, 이때까지 팔이 시렸던 것은 목 디스크 때문이었다. 한참 동안 의학적 근거로 길게 설명 드렸습니다. 그래도 요지부동으로 견딜 만하다고 합니다. 안 되겠다 싶어서 감정에 호소하기로 했습니다.

"남편분이 환자분이 아프면 집안이 안 돌아간다고 하시더군요. 미루다가 내년에 아드님 고등학교 3학년이 되어 증상이 심해지면 그때는 어떻게 하시려구요. 환자분 몸이 건강해야 식구들을 더 챙길 수 있는 겁니다."

이 말에 설득이 될까 했는데 '더 묵혀서 아들이 고등학교 3학년 때 아파지면'이라는 말에 바로 치료받겠다고 합니다.

식구들을 위하는 마음, 집안을 잘 꾸리겠다는 마음이 같았던 두 분입니다. 아무 일 없이 집안이 돌아가는 건 주부들의 세심한 노력 덕분입니다. 그러니 식구들 건강보다 자기 건강을 먼저 챙기는 게 좋겠습니다.

차갑게 때로는
뜨겁게

"제가 인터넷에서 찾아보니까 발목을 삐끗했을 때는 얼음찜질을 하라고 하는데 정형외과에 갔더니 아무것도 안 해 주고, 엑스레이X-ray 엄청 찍고 깁스하라고 했어요. 찍은 엑스레이는 어쩔 수 없고, 깁스는 불편해서 안 한다고 하고 한의원에 왔어요."

30대 초반 남자 환자는 유쾌하지 않은 기분으로 한의원에 왔습니다.

"발 한번 볼까요? 두 발 모두 양말 벗고 여기 올려 보세요."

"왼쪽은 괜찮구요, 오른쪽만 아파요. 그냥 봐도 부었어요."

"엑스레이도 중요하지만 다친 발과 안 다친 발 비교도 중요해요. 다쳐서 부은 건지 발 모양이 원래 그런 건지 견주어 보지 않으면 알지 못해요."

환자는 순순히 양말을 벗고 두 발을 모두 보여 주었습니다. 오른쪽 발은 그냥 한눈에 봐도 깁스가 필요해 보였습니다.

"인터넷에서 라이스R.I.C.E. 그거 찾아보신 거지요?"

"예, 레스트Rest, 아이스Ice, 컴프레션Compression, 엘리베이션 Elevation이요."

"환자분 영어 발음 들으니 제 귀가 시원해지네요. 저는 그냥 콩글리시로 설명 드릴게요. 레스트는 쉬라는 이야기예요. 그러니까 다친 부위 근육을 쓰지 않아야 한다는 것이죠. 그러기 위해서 깁스를 많이 합니다."

"깁스하면 근육이 마른다는 이야기를 들어서요. 그리고 덥고 씻기도 힘들고요."

더울 때 깁스(캐스트)는 그 자체로 괴로움입니다. 그래서 다친 부위의 상태와 상관없이 캐스트를 거부하고 한의원으로 오는 분들이 많습니다. 골절로 못 걸을 정도라면 선택할 것도 없이 캐스트를 할 것이고 한의원에 오기보다는 입원을 하거나 걸을 수 없어서 집에서 쉴 수밖에 없겠지요.

"모든 치료에는 득과 실이 있어요. 깁스를 하면 근육이 마르는 것은 사실입니다. 그래서 2주 정도 깁스를 해야 하는 발목염좌에는 깁스를 하지 않는 것이 더 빨리 낫는 경우도 있어요. 그런데 환자분은 의사가 4주 정도는 하라고 했을 것 같군요."

"예, 그 의사가 4주는 해야 하고 일주일 지나서 부기가 빠지면 인대 파열이 되었는지 초음파 검사도 해 보자고 했어요."

"4주 동안 안 걷고 생활할 수 있으세요? 질문이 좀 멍청하지요? 4주 동안 걷지 않을 수 없다면 깁스를 해서 근육이 마르더라도 상처 부위에 안정을 주는 것이 필요해요. 그리고 이렇게 부은 발로는 신발을 신을 수도 없잖아요."

"그건 그런데 씻지도 못하고 얼음찜질은 어떻게 해요?"

"환자분은 많이 심하지 않아서 통으로 하는 깁스보다 빼고 끼울 수 있는 반깁스 형태가 될 것 같아요. 그러면 씻을 수도 있고 얼음찜질도 할 수 있어요. 그리고 라이스의 세 번째 컴프레션, 압박도 붕대로 가능하구요. 또 깁스하면 부은 발에 맞는 신발을 얻게 되니 더 편할 겁니다."

그날 그렇게 환자는 다시 정형외과로 갔습니다. 다음 날 캐스트를 하고 한의원에 왔습니다.

"신발을 하나 얻게 된다는 게 무슨 뜻인지 알겠어요. 부은 발로 신발을 구겨 신고 다니는 것보다 훨씬 편하기는 해요. 오늘은 침 치료를 좀 받아 볼까 해서요. 어르신들이 피도 좀 뽑아야 한다고 하더라구요."

"잠은 잘 주무셨어요? 열감이나 통증이 심하지는 않았나요?"

"발이 부어서인지 아팠어요. 그런데 얼음찜질을 하니 통증이 가라앉더라구요. 하루만 얼음찜질하고 다음 날부터는 따뜻하게 해도 된다고 인터넷에 나오던데 원장님 생각은 어떠세요?"

"딱 정해진 날짜는 없어요. 응급상황일 때 첫날은 알고 계신 대로 라이스를 시행하구요. 다음 날부터는 환자분 상태에 따라 얼음찜질을 하는 경우도 있고 따뜻하게 하는 경우도 있어요."

얼음찜질은 혈액순환을 막아서 염증을 억제하고 통증을 완화시켜 줍니다. 그래서 초기 염좌에는 냉찜질을 해야 합니다. 그런데 혈액순환을 막으면 다친 조직이 회복되는 속도가 느려집니다. 우리 몸의 염증은 열이 나거나 부어서 주변 조직을 아프게 하는 나쁜 작용도 하지만 조직 재생을 돕는 과정 가운데 하나라서 좋은 작용도 합니다. 그러니 냉찜질을 너무 오래하면 좋은 염증 반응이 늦어지면서 회복이 더뎌지는 경우도 있습니다.

"발목 다친 부위에 열감이 많으면 오늘도 냉찜질을 할게요. 부기 정도를 보니 열감이 좀 있을 것 같아요."

이 환자는 사흘 동안 침 치료와 더불어 냉찜질을 했고 그다음에는 침, 뜸 치료와 함께 따뜻한 찜질을 했습니다.

따뜻한 치료를 하는 첫날은 환자들 대부분 증상이 조금 더 심해졌다는 이야기를 합니다. 눌러두었던 염증이 따뜻한 치료로 조금 더 생기기 때문입니다. 그래도 조직 재생이 일어나야 하고 초기 통증보다는 덜 아픈 정도라 환자들은 치료 과정을 잘 이해하고 따라옵니다.

초등학교 6학년 여자아이가 발목을 삐끗해서 엄마와 같이 왔습니다. 아이는 키가 155센티미터인데 키에 견주어 발이 너무 작았습니다. 벌써 발목을 여러 번 삐어 양쪽 발목 복숭아뼈 모양이 많이 다릅니다.

"발목을 자주 삐는구나."

"발이 크고 레고처럼 발목이 앞뒤로만 움직이면 좋겠어요. 그러면 옆으로 삐지는 않을 거잖아요. 너무 자주 그러니까 운동도 못하겠어요. 보건실 가면 꾀병으로 알아요. 반 아이들도 놀리구요."

"미국에 너랑 비슷하게 생각한 생물학 교수가 있는 거 알아? 그

사람 주장이 우리 발목에는 쓸데없이 뼈가 너무 많다는 거야."

네이선 렌츠라는 생물학과 교수의 책《우리 몸 오류 보고서》(노승영 옮김, 까치)에 이런 대목이 있습니다.

사람의 발목도 손목처럼 뼈무더기이다. 발목에는 뼈가 일곱 개 있는데, 대부분 쓸데없다. (줄임) 발목뼈는 상당수가 상대적으로 고정되어 있어서, 차라리 인대를 단단한 뼈로 대체하여 하나의 통짜 구조로 만드는 편이 더 나을 것이다. (줄임) 발목이 툭하면 삐거나 접질리는 데에는 이유가 있다. 발목의 뼈대 설계는 부품의 잡동사니로, 말썽만 피우지 도무지 하는 일이 없다.

책을 읽을 때는 그래도 발목뼈가 창조론적으로든 진화론적이든 필요한 까닭이 있지 않을까 했는데 6학년 아이가 하는 말을 들어 보니 저자의 주장이 설득력 있게 들립니다.

"이렇게 자주 다칠 때는 어떻게 해야 좋을까요."

"시간 날 때마다 뜨거운 찜질을 해 주고 발목을 튼튼하게 하는

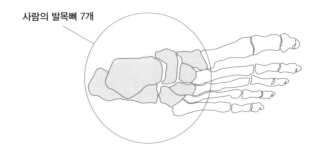

사람의 발목뼈 7개

운동을 해야 해. 계단 오르기가 가장 간단하면서도 발목을 튼튼하게 하는 운동이야. 뼈의 오류를 완벽한 근육으로 잡아 보자."

"지금까지 차가운 찜질을 많이 했는데 그래서 더 안 낫는 걸까요? 하루 지나서 뜨거운 거 할 때 되면 또 삐어서 차가운 걸로 또 하고 했거든요."

"발목에 급성 염좌와 만성 염좌가 섞여 있는 상태여서 앞으로는 따뜻한 찜질만 하는 것이 효과가 더 좋을 거야. 잘 모르겠으면 한의원으로 오렴. 때로는 의사나 한의사보다 아파 보고 나아 본 사람이 치료 효과나 방법에 대해서 더 잘 알 때가 있어. 자주 아픈 만큼 나아지는 요령도 잘 알게 될 거야. 반 아이들이 발목을 다치면 잘 도와주렴. 그럼 아이들도 놀리지 않을 거야."

허리, 허리, 허리 1

시간 날 때마다 한의원에 와서 허리 치료를 받는 환자가 있었습니다. 오래 앉아 있거나 오래 서 있으면 허리가 아파 생활이 불편한 정도였습니다.

40대에 그 정도 허리 통증을 호소하는 경우는 흔하고 대부분은 운동부족으로 근력이 없는 분들입니다. 그래서 치료할 때마다 환자분한테 걷기 운동을 조금씩 하라고 이야기하곤 했습니다.

"원장님! 오늘은 허리가 좀 달라요. 어제 체육대회를 했는데 그 뒤로 골반도 아파요."

"다리는 어떤가요? 종아리 아래로 이상한 느낌이 난다거나 그러지는 않으세요?"

체육대회를 기점으로 첫날에는 그저 골반 통증만 호소했습니다. 다음 날 퇴근길에 들러 다리가 좀 차갑게 느껴진다고 했습니다. 셋째 날은 아침에 출근을 못 하고 바로 한의원으로 왔습니다.

"발바닥이 좀 이상해요. 그리고 걸을 때마다 다리가 아파요."

"환자분, 오늘은 바로 허리 엠알아이 찍으러 가셔야 할 것 같아요. 며칠 보니 허리 디스크가 터져서 흐른 것 같아요. 정확한 건 촬영을 해야 알 수 있어요."

그렇게 환자분은 병원에 입원을 했습니다. 그날 오후 한의원으로 전화가 왔습니다. 그 병원에서 수술을 하라고 한다며 자기는 수술을 하고 싶지 않다고 했습니다.

"수술 안 하고 나아지는 법은 없을까요?"

"통증이 심하지 않으면 요즘은 수술 없이 약물치료나 운동치료를 많이 합니다. 하지만 디스크가 터져 흘러서 신경을 많이 누를 때는 진통제로도 막을 수 없을 만큼 아픕니다. 그럴 때에는 수술을 해야 해요. 병원에서 수술을 권했다면 하세요."

그 뒤 환자분은 허리 수술을 하고 한의원에 왔습니다.

"좀 어떠세요?"

"새 세상을 만난 듯이 다리 통증이 극적으로 사라졌어요. 그런데 발바닥은 아직도 조금 이상해요."

"수술하고 시간이 좀 지나야 말초신경까지 좋아져요."

"그래도 원장님이 수술하라고 해서 마음이 편했어요. 괜스레 수술에 대한 거부감이 좀 있거든요."

"아프실 때 제 조언이 도움이 되었다니 다행입니다."

환자가 제 조언을 듣고 수술을 결심한 것은 아닙니다. 너무나 통증이 심해서 수술을 하려고 마음먹었지만 불안한 마음이 있었을 겁니다. 수술을 해야만 하는 상황에서 수술을 권하지 않을 것 같은 한의사가 '수술을 하라'고 말을 해 준 것이 결정을 굳히는 데 1퍼센트 힘을 더 보탠 것뿐입니다.

처음 한의원에 온 30대 환자가 허리 오른쪽이 아프다면서 손가락으로 허리를 가리켰습니다. 보통은 옆구리를 잡고 들어오거나, 허리를 두들기며 들어오는데, 닿으면 아프다는 듯 손가락으로 "요기입니다" 하고 공중에서 가리켰습니다.

"만지면 아프세요?"

"가만히 있으면 조금 아프고 움직이면 더 아픕니다. 어제 아내가 파스 붙여 준다고 손을 댔는데 말도 못 하게 아팠어요."

"어디 부딪히거나 넘어지신 거는 아니구요?"

"아무것도 안 했습니다. 그저께는 등이 조금 뻐근했는데 오늘은 내려왔어요. 허리 요기쯤인데 걸으면 통증이 울려요."

이 환자분 이야기를 들으면서 처음에는 단순한 허리 근육통을 떠올렸다가, 손으로 못 만지는 통증이니 갈비뼈 골절을 떠올렸다가, 마지막에는 통증이 등에서부터 내려오고 걸으면 울리니 '신장결석'이나 '요로결석'을 떠올렸습니다.

"식구들 가운데 요로결석을 앓은 분 계세요?"

"어, 우리 아버지가 자주 그걸로 고생하세요. 그런데 왜……. 혹시 제가 요로결석인가요?"

"의심은 되지만 확증은 힘들구요."

환자가 증상을 이야기하는 동안 제 머릿속은 복잡합니다. 여러 병명을 떠올리고 그 가운데 '이거는 아니네', '이거는 가능성이 있네' 하며 병을 골라내야 합니다. 저는 그런 복잡한 머릿속 생각들을 환자들에게 모두 설명하는 편입니다(가만히 듣고 있다가 한 번에 병명을 말해야 노련한 의사로 보일 텐데 그게 잘 안 됩니다).

"허리 근육통이랑 요로결석은 처음 증상이 매우 비슷해요. 그런데 근육통은 가만히 있으면 허리가 무겁기는 해도 찌를 듯한 통증은 아니에요. 문제가 되는 근육을 움직이면 통증이 커지구요. 그런데 요로결석은 통증 부위가 자꾸 옮겨 다니고, 가만히 있어도 그 결석이 조금씩 움직이기 때문에 찌르는 느낌이 나요."

"그러면 어떻게 해야 할까요?"

"한의원보다는 양방 병원에 가셔서 결석 관련 검사를 해 보는 것이 좋을 듯합니다."

"그런데 제가 오늘은 병원 가서 검사받을 시간이 없어요. 그냥 근육통이라고 보고 침이나 부항을 해 주세요. 아버지를 보니 결석은 참을 수 없는 고통이라던데 저는 참을 만하거든요. 결석 아닐 거예요."

저는 빨리 병원에 가라고 하고 환자는 그냥 침이나 맞고 가겠다고 하고 몇 번 말이 오가다가 침 치료를 하기로 했습니다. 제가 진 겁니다. 그래도 포기하지 않고 말씀을 드렸습니다.

"오늘은 근육통으로 생각하고 치료하구요. 오늘 밤이나 내일 아침에 더 심해지면 꼭 병원에 가셔야 해요. 그리고 부위가 바뀌어서 배가 아파지면 확실히 결석입니다. 아시겠지요? 하지만 결석이 아니기를 빌게요."

자신 있게 확실히 주장했어야 했나 하고 후회도 했지만 그래도 알려드린 것으로 위안하고 그 환자를 잊어버렸습니다. 두 달 뒤, 발목 염좌로 환자분이 다시 왔고 차트 기록을 보며 그때 허리는 괜찮았냐고 물었더니, 발목 이야기는 뒷전으로 하고 환자분이 이야기꽃을 피웠습니다.

"그날 밤에 더 아픈 거예요. 허리가 아니라 배가요. 와, 이거! 원장님 말대로 되고 있네 싶더라구요. 그래서 응급실에 갔지요. 검사를 하는데 응급실 의사가 요로결석이 의심이 되는데 너무 작아서인지 사진에는 안 보인다는 거예요. 소변 검사를 하자고 해서 화장실에 소변 받으러 갔거든요. 그런데 소변 컵에 소변과 함께 돌이 나왔어요. 아주 작았는데 정말 아팠어요."

"어머나, 그런 경우도 있군요. 결석 크기에 따라 통증 정도도 다르고 수술해야 하는 사람도 있거든요."

"원장님 잔소리가 무슨 무당 예언같이 일이 흘러가서, 다 낫고 나서 사람들한테 얼마나 이야기하고 다녔는지 몰라요. 사는 게 바빠서 이제서야 원장님 얼굴 보네요."

환자에게 여러 가능성을 이야기해서 걱정을 안겨 준 적도 많지만 이렇게 도움이 되기도 합니다. 이런 경험은 다른 환자에게도 더 많은 가능성을 더 잘 설명하게 하는 힘이 됩니다.

허리, 허리, 허리 2

아내도 우리 한의원에 다니고 손주들 한약도 지어 간 적 있는 70대 남자 환자 이야기입니다. 한 3년을 한의원에 안 오셨는데 아내분에게 폐암 수술을 했다는 이야기를 들었습니다.

"집사람한테 들어서 알겠지만 제가 폐암 수술을 하고 얼마나 몸에 신경을 쓰는지 몰라요. 그런데 한 닷새 전에 그날따라 운동을 좀 심하게 했거든. 그 뒤로 자꾸 허리가 아파요. 그래서 다음 날 사우나에 가서 근육을 풀었지. 그런데 더 아픈 거야."

"무슨 운동을 하셨는데요?"

"역기 드는 거. 그날 더 무거운 걸 든 거는 아니었거든. 집사람은 자꾸 병원 가라는데 암 겪고 나니까 병원 냄새가 싫어. 그래서 참았지. 그런데 점점 더 아파지길래 어제는 파스를 좀 붙였어. 등허리 쪽이라 손주한테 붙이라고 했지. 그런데 밤에 더 아픈 거야. 끙끙거리면서 잠을 못 잤어."

"파스를 어제 아침부터 줄곧 붙이고 계신 거예요?"

"그래서 그런가 따끔따끔거려. 그런데 집에 사람이 없으니 뗄 수가 있나. 손이 뒤로 가야 말이지. 허리도 너무 아파서 파스는 그냥 두었지."

"파스를 너무 오래 붙이고 있으면 파스 고정하는 테이프가 피부에 문제를 일으키거든요. 침 치료 전에 파스도 떼어 드리고 따끔거리는 거도 좀 봐 드릴게요."

노인들한테 있는 단순한 허리 통증으로 여겼습니다. 허리 통증으로 잠을 못 주무신다니까 골절인가 하는 생각도 잠깐은 했습니다. 그런데 치료실에서 환자분이 엎드리는데 무척 힘들어했습니다. 아파서 움직이는 게 힘들다고 했습니다.

"천천히 하세요. 어제 밤새 아프셨던 거 보면 움직이는 게 쉽지는 않을 겁니다."

그리고 파스를 떼는 순간, 눈앞이 하얘졌습니다. 제가 너무나 쉽게 일반 통증으로 본 것을 후회하며 소리쳤습니다.

"대상포진이 파스 아래에 다 퍼져서! 아이고머니나! 이게 얼마나 아픈데 밤새 참으셨어요. 어머나, 아이고."

의사가 이렇게 흥분하면 안 되는데 빨갛게 퍼진 포진을 보자마자 너무 놀라 환자가 민망할 정도로 소리를 쳤습니다.

"뭐라고? 대상포진?"

환자분이 등의 포진을 보려고 고개를 돌릴 때쯤 제가 이성을 찾았습니다. 식구들한테 전화해 드린다고 하고, 당장 병원에 가야 한다고 했습니다. 그 뒤로 허리가 아파서 오는 분들에게는 신장결석,

요로결석 말고도 '대상포진' 안내까지 하게 되었습니다.

피부에 포진이 올라오기 전까지는 대상포진 근육통인지 일반 근육통인지 구분하기가 쉽지 않습니다. 대상포진이 자주 생기는 근육이 따로 있습니다만, 초기에는 구분하기 힘듭니다. 환자분은 대상포진으로 입원을 했고 늦게라도 발견해서 다행이라는 이야기를 식구들에게 전해 들었습니다.

허리 아픈 남자 환자 이야기만 했네요. 대상포진은 남녀 사이에 발병 빈도 차이가 크지 않고, 요로결석은 남성이 여성보다 두 배 이상 발병이 잦은 질환입니다. 그렇다면 여성들에게 해당되는 허리 통증 이야기를 하나 하겠습니다.

허리가 아픈 환자들은 대부분 한 손으로 허리를 잡고 찡그린 표정으로 옵니다. 그런데 달마다 이런 모습으로 한의원을 찾는 40대 후반 여자 환자가 한 분 있었습니다. 차트를 보니 늘 15일 무렵이었습니다. 달마다 그 날짜 근처에 한 번에서 두 번 치료를 받고 가는데 지난달은 안 왔습니다. 이쯤 되면 누구나 생각하는 통증, 그렇습니다. 생리통이라고 흔히 말하는 월경통입니다.

"갈수록 더 아파지는데 특히 오른쪽 허리와 골반 쪽이 심했거든요. 그런데 이번에는 오른쪽 다리도 조금 아프네요."

"여섯 달 동안 환자분 증상이 늘 한쪽 허리만 아파서 단순한 생리통이 아니겠다는 생각을 했거든요. 그런데 지난달에 안 오셔서 말씀을 못 드렸어요."

"단순 생리통이 아니면 뭔가요?"

"자궁근종이 있어도 허리와 다리가 아프거든요."

"저, 근종 있어요. 그런데 3센티미터로 작아서 산부인과에서는 아무 문제가 없다고 했거든요. 그러고 보니 자궁 검진 안 받은 지도 2년쯤 되었네요."

드물게 자궁근종이 커지며 안쪽에서 허리 디스크를 압박해 디스크가 터진 것 같은 증상이 생기는 분도 있습니다. 월경할 무렵이 다가오면 자궁벽이 부풀어 올라 더욱 허리 척추를 압박하지요. 또 평소에도 허리 디스크 증상이 조금씩 나타납니다.

"허리나 다리가 평소에는 안 아프세요?"

"조금 불편하기는 해도 병원 올 정도는 아니구요. 다리가 무거운 거야 오래 앉아서 일하니 그러려니 했거든요."

"생리 때마다 평소 불편했던 부위가 더 심해지는 거지요?"

"원장님이 그렇게 물으니 그런 것 같네요."

통증이 작을 때는 시간이 지나면 나아지겠지 하며 원인을 잘 고민하지 않습니다. 그리고 월경 중에 더 아프니 생리통이겠거니 하며 병을 단정 짓게 됩니다. 저 또한 처음 오는 환자가 "지금 생리 중인데 허리가 아파요" 하면 "따뜻한 찜질을 하고 침 치료도 받으면 좀 나아질 겁니다" 하며 다른 질환을 생각하지 않게 됩니다. 그런데 그게 자꾸 되풀이되면 의심하지 않을 수 없습니다.

"환자분, 자궁 검진 받은 지 2년이나 되었으니 근종 크기를 한번 확인하면 좋겠어요. 산부인과에 가서 허리 디스크를 압박할 정도인지만 물어보면 좋을 것 같아요."

환자분이 되도록 두려워하지 않게 안내를 했습니다. 40대 후반이라 근종이 크더라도 조금 있으면 완경(폐경)이 되니 자연히 증상이 줄어들 수도 있습니다. 완경이 되면 자궁이 퇴화되면서 크기가 줄어들고, 근종도 같이 줄어듭니다. 그래서 산부인과에서도 완경을 앞둔 분에게 자궁근종을 제거하는 수술을 권하지 않습니다. 세 달 뒤, 그 환자분은 근종 수술을 하고 한의원에 왔습니다. 수술 뒤 회복 한약을 먹고 싶다고요.

"산부인과 원장님이 저보고 둔한 환자라고 하더라구요. 근종 크기가 7센티미터나 되고 허리 쪽으로 위치도 아주 안 좋았다고요. 어떻게 버텼냐고 해요."

"그렇게 심했군요. 둔하신 덕분에 많이 아프지 않았으니 다행이지요. 검진받으러 가길 잘했네요. 수술도 잘하셨구요."

환자분에게 회복 한약을 잘 지어 주겠다고 하면서 미안한 마음이 들었습니다. 초진 때 조금 더 상세히 물어서 빨리 정보를 주었으면 여섯 달을 편히 보냈을 텐데 하는 생각에서요.

모두 허리가 아파서 온 분들이지만, 중요한 결정을 하는 데에 1퍼센트가 되어 드리기도 하고, 앞으로 일어날 일들을 알려 드리기도 하고, 때로는 아무 생각 없다가 상처를 보고 당황하기도 합니다. 세월이 흐를수록 당황하는 일은 줄어들고 환자를 잘 안내하는 한의사가 되길 빌어 봅니다.

한의사의 선물, 경옥고

한의사는 지인에게 선물을 할 때도 직업의식에서 벗어날 수 없습니다. 몸에 도움이 되는 선물을 줄 것이라며 다들 기대를 하니까요. 그럴 때 고려하는 약이 '경옥고'입니다. 제가 한의사가 되고 할머니에게 처음 드린 약도 경옥고이니 말입니다.

경옥고는 인삼, 복령, 생지황, 꿀이 1 : 2 : 10 : 7 비율로 들어가는 약입니다. 《방약합편》에는 인삼이 900그램으로 나와 있습니다. 인삼, 복령은 곱게 가루로 만들고 생지황은 즙을 짜서 꿀과 섞습니다. 고루 섞어서 사기항아리에 넣고 기름종이 다섯 겹과 두꺼운 천 한 겹으로 항아리의 아가리를 꼭 봉합니다. 구리 냄비에 넣어 물속에 매달아 놓되 항아리의 아가리는 물 위로 나오게 해서 뽕나무 불로 사흘 동안 끓입니다. 냄비 안의 물이 줄면 따뜻한 물을 더 넣어 끓이고, 기일이 차면 꺼내 종이를 바꾸어 동여맵니다. 그리고 단단히 밀봉하여 우물 속에 하루 동안 매달아 두었다가 꺼내서 다시 구리 냄비에 넣고 하루 동안 끓여서 물기가 나간 다음 꺼내서 씁니다.

만드는 방법이 까다로워서 책에 나와 있는 대로 똑같이 만들기는 어렵습니다. 과정이 까다롭고 시간이 오래 걸리다 보니 환자 상태에 맞추어 그때그때 조금씩 만들기도 힘이 듭니다. 그래서 일 년에 한 번 정도 한의사 여러 명이 많은 양을 한꺼번에 만들어 나누어 보관합니다. 경옥고가 꼭 필요한 환자는 잘 없습니다. 맥을 짚고 증상을 상세히 듣고 나면 경옥고보다 더 좋은 처방들이 떠오르고 다른 탕약을 처방하고 싶어지기 때문이지요. 그렇다고 효능이 약한 약이라는 이야기는 아닙니다.

'인삼'이 들어가니 홍삼 이상의 기운 보강과 면역력 강화 효능이 있을 것입니다. '생지황'은 혈과 음을 보강하는 물질로 인삼과 더불어 음양의 균형을 이루게 합니다. '복령'은 다른 탕약에서도 인삼과 자주 짝이 됩니다. 여기서는 복령이 비위를 강화시켜 온몸으로 약을 잘 전달할 수 있도록 합니다. '꿀'은 폐를 촉촉하게 하여 오래된 기침에도 약이 효능을 발휘하도록 돕습니다.

네 가지 약재가 서로 어우러져서 각각의 효능을 증진시켜 진액을 보강하면서도, 너무 진하지 않아 아이나 노인에게도 흡수가 잘 되도록 구성되어 있습니다. 쉽게 말해 누구나 큰 부작용 없이 복용할 만하고 정성이 많이 들어간 약입니다.

다리에 숨어 있는
하트

초등학교 2학년 아이가 겁에 질린 얼굴로 엄마와 함께 진료실에 들어왔습니다.

"아이가 다리가 아프다고 해서요. 정형외과에서 엑스레이를 찍었을 땐 문제가 없다는데 자꾸 한쪽 다리만 아프대요."

"허리는요?"

"안 그래도 허리도 가끔 아프다고 해서 허리 디스크일까 봐 큰 병원에 예약은 해 두었어요. 그런데 어젯밤에도 종아리가 아프다며 만져 달라고 해서 제가 만져 주기는 했거든요."

"한번 볼게요. 여기 엎드려 볼까?"

침대에 엎드리라는 말이 아이에게는 주사나 침을 놓는다고 들렸는지 눈물을 글썽입니다.

"여기는 한의원이라 주사 같은 건 없어."

"엄마가 침 맞아야 한다고……."

"걱정하지 마. 아직은 아니야. 먼저 다리를 보고 침 맞아야 하면 미리 이야기할게. 선생님은 말도 없이 갑자기 침 안 놔."

그렇게 설득한 끝에 아이가 겨우 엎드렸습니다. 아이가 통이 넓은 긴바지를 입고 와서 허벅지까지 바지를 걷었는데 오른쪽 다리가 눈에 띄게 부었습니다.

"너, 태권도 발차기 하니?"

"원장님, 애 운동 싫어해요. 걷기도 싫어해서 맨날 스케이트보드나 킥보드 타고 다녀요."

"보드 때문이네요. 어머니, 아이가 보드 타는 모습 보셨어요? 한쪽 다리는 보드 위에 있고 다른 다리는 보드에 추진력을 주려고 땅을 발로 차서 굴러야 해요. 그러면 그 다리만 운동을 많이 해서 팽팽하게 부어요."

"그럼 허리는 왜 그럴까요?"

아이한테 바지를 살짝 내리라 하고 허리를 보니 엉덩이 근육도 오른쪽이 더 큽니다.

"어머니, 여기 한번 만져 보세요. 두 곳 느낌이 다르지요? 허벅지 뒤쪽도 눌러 보세요."

한쪽 다리만 쓰다 보면 엉덩이 근육도 한쪽만 커집니다. 근육은 커질 때 부피는 늘고 길이는 줄어듭니다. 한마디로 근육이 당겨지게 되지요. 그러면 뼈에 붙어 있는 근육 끝부분에 염증이 생깁니다. 또 몸이 기울어지고 아픈 쪽 때문에 걸음걸이가 비뚤어지겠지요. 그래서 허리가 아픈 것입니다.

"어떻게 치료해야 할까요? 원장님이 해 줄 수 있는 거 다 해 주세요."

"그럼 이제부터 아이한테 설명을 해야겠네요. 내려와서 앉아 봐."

아이에게 어떻게 치료할 것인지 진지하게 설명했습니다. 초등학교 2학년이니 당연히 못 알아듣는 말이 많지요. 그래도 최선을 다해 설명했습니다.

"지금 다리 근육이 부어 있는 건 근육을 많이 써서 거기로 피가 몰려서야. 그래서 그 피를 조금 빼 주는 게 좋아. 이런 치료를 부항이라고 해. 아니면 손으로 계속 만져서 피를 돌게 하거나."

"어젯밤에 엄마가 너무 아프게 만져서 멍 들었어요. 만지는 건 싫어요."

"그런데 부항으로 피를 조금 뽑아서 근육이 말랑말랑해지면 엄마가 만져도 안 아파. 또 아프지 않으면서 효과 좋은 마사지 자리를 엄마한테 알려 줄게. 대신 너는 부항 할 때 아픈 걸 잠깐 참아야 해. 선생님이 빨리 끝낼게. 한동안 보드는 안 타야겠지? 낫고 나면 앞으로는 이렇게 아플 때까지 보드를 타면 안 돼."

한참을 고민하던 아이가 엄마를 바라봅니다.

"이럴 때 엄마한테 선물 받고 싶은 거 하나 말해. 치료를 잘 받으면 소원 하나쯤 들어주실걸?"

"엄마, 나 ○○ 장난감 사 줘."

"안 울고 치료 잘 받으면 당연히 사 주지."

"우리 아들도 엄청 좋아했는데 요즘은 그 장난감 안 가지고 놀아. 선생님이 챙겨 놨다가 다음에 너 오면 줄게."

그제서야 아이는 치료실로 들어갔습니다. 엎드린 아이에게 잠간 따끔할 거라고 말한 뒤 사혈침으로 종아리에 '승근' 혈자리를 찔렀습니다. 부항을 붙이자 피가 조금 나왔습니다.

"많이 아팠지?"

"선생님, 이게 끝난 거예요? 엄마! 이거 주사보다 안 아파!"

부항을 뜬 뒤 침은 '승산' 혈자리와 허리, 다리에 놓았습니다. 다음 날도 그다음 날도 아이는 아플까 봐 조금씩 걱정을 하면서도 치료를 잘 받았습니다.

"많이 좋아지긴 했는데 보드를 계속 타고 싶어 해요. 집에서 어떻게 해 줄까요?"

부항을 뜬 곳은 '승근혈'이고 침 치료를 한 곳은 '승산혈'입니다. 《침경》이라는 책에는 '승산혈을 찾을 때는 양손을 높이 밀어 벽 위를 짚고 두 발뒤꿈치를 땅에서 뗀다. 엄지발가락을 사용하여 똑바로 서면 눈으로 볼 수 있다'고 했습니다. 상상이 되시나요? 씨름 선수였던 이만기 씨가 텔레비전에서 다리에 하트가 있다며 자기 종아리를 보여 준 적이 있습니다. 그 종아리에 거꾸로 된 하트 모양이 있었는데요. 하트의 쏙 들어간 부분이 바로 승산혈입니다.

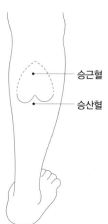

승근혈

승산혈

"아이들 어릴 때 해 주었던 오일 마사지 기억나세요? 그것처럼 엎드리게 한 다음 발목부터 손가락을 밀고 올라가면 여기 근육 사이에서 딱 걸리거든요. 거기를 만져 주세요."

"그런데 우리 아이 부항 자국은 선생님이 말해 준 자리보다 더 위쪽인데요?"

"예, 승산혈과 이름이 비슷한 승근혈인데 거기에는 보통 부항을 많이 해요. 혈자리 이름에 '근육 근' 자가 들어갈 정도로 근육이 많은 자리거든요. 거기까지 마사지해 주셔도 좋아요."

승근혈은 승산혈보다 위에 있습니다. 보통은 자기 손가락 두 개에서 세 개를 겹친 높이만큼 위쪽이라고 생각하면 됩니다.

보드 타기, 태권도 발차기처럼 한쪽 다리 근육을 많이 쓰는 운동이나 배드민턴, 테니스, 탁구처럼 한쪽 팔을 많이 쓰는 운동 모두 한쪽 근육을 지나치게 사용하기 때문에 몸의 균형이 깨지기 쉽습니다. 항상 몸의 양쪽이 똑같아야 하는 것은 아니지만 몸의 균형이 깨지면 아픈 곳이 많습니다.

그래서 저는 줄넘기나 걷기, 자전거 타기, 수영의 배영처럼 양쪽 몸을 같이 쓰는 종목으로 운동을 시작하고 마무리하라고 얘기합니다. 스트레칭으로 근육을 푸는 것도 좋고요.

치료 뒤 아이는 양쪽 다리의 균형을 되찾았습니다. 한 달 뒤 아들 장난감을 정리해서 아이 엄마에게 보냈습니다. 아이는 여전히 보드를 타고 있겠지요.

오래 집중해서
생기는 병

월요일 아침 9시, 주말 동안 아팠던 환자들이 한의원으로 몰려오는 시간입니다. 책가방과 신발주머니는 보호자가 들고 목이 한쪽 옆으로 기울어진 초등학생 아이가 병원에 들어섰습니다.

"나 안 아파! 그냥 이러고 있으면 괜찮다니까!"

엄마 손에 이끌려 온 아이는 처음 온 한의원이 못마땅합니다.

"치료 빨리 끝내고 학교에 가야 해요. 빨리 좀 봐 주세요."

재촉하는 어머니 덕에 아이 이름도 못 묻고, 의료보험 접수도 못 하고 아이를 원장실에 들어오게 해서 침대에 눕혔습니다.

"고개를 이리 돌려 보렴. 이쪽으로도. 목 근육 한쪽이 아주 굳었네. 언제부터 그랬어?"

"어제 점심부터요. 그런데 안 아파요. 진짜요. 그냥 모양만 이상한 거예요."

"토요일, 일요일 컴퓨터랑 휴대전화 오락 얼마나 했니?"

"하하하, 원장님 점쟁이시네. 어떻게 아셨어요? 거봐! 엄마가 오락 그만하라 할 때 그만했어야지!"

"아닌데, 다른 날은 더 많이 해도 괜찮았는데."

"그럼 원장님이 거짓말하겠니? 너 오락 때문인 거야. 내 그럴 줄 알았어. 원장님! 침 아프게 놔 주세요. 부항으로 피도 팍팍 뽑아 주시구요."

그러자 아이가 울기 시작합니다.

"피 뽑는다고? 싫다고, 엉엉."

저는 치료를 해도 그만, 안 해도 그만이라는 반응이면 적극적으로 치료를 합니다만 환자 스스로가 싫다고 하면 약이든 침이든 효과가 없다고 믿습니다. 특히 우는 아이, 처음 침을 접하는 아이에게는 침 치료가 고통이라는 생각을 심어 주고 싶지 않아 더욱 조심하지요.

"이렇게 기울어진 목으로 사흘 동안 학교 다닐 자신은 있니? 아마 사흘 뒤면 다시 목이 정상으로 돌아오겠지만 친구들이나 선생님이 자꾸 물을 거야. 목이 왜 그러냐고. 그래도 괜찮다면 치료 안 받아도 되는데 대신 선생님하고 약속을 해야 해. 목이 나아질 때까지 컴퓨터도 휴대전화도 하지 않기로."

"그럼 뭐 하고 놀아요. 학원 다니면 엄마가 날마다 한 시간씩 해도 된다고 했단 말이에요."

"말투에 짜증이 묻어나는구나. 그럼 오락하기로 하고 피 뽑고 침 맞고 가야 할 것 같은데 어떻게 할래?"

아이, 보호자, 저 셋이 실랑이를 하다가 결론이 나지 않아 아이에게 생각할 시간을 주기로 했습니다. 대기실에서 고민해 보고 결정하라고 했습니다. 그사이 아이 엄마에게 아이가 초등학교 3학년인데 하루 한 시간씩 게임을 하냐고 물었더니 공부시키려면 어쩔 수 없다고 합니다. 이제는 습관이 되어서 못 하게 하는 걸 포기했다고 합니다. 그때 원장실 문을 열고 아이가 들어오면서 사흘 동안 컴퓨터를 하지 않을 테니 그냥 보내 달라고 합니다.

사흘 뒤 아이 어머니가 치료를 받으러 왔을 때 물었더니, 아이가 정말 사흘 동안 오락을 하지 않았고 그 뒤로도 목이 다시 기울까 봐 걱정이 되어서 오랜 시간 하지는 않는다고 했습니다.

아이가 오락을 해서 목이 그리된 것을 어떻게 알았는지 궁금할 겁니다. 십 년 전만 해도 목이 기울어져 오는 환자는 어른이든 아이든 베개를 잘못 베고 자서 오는 낙침 환자였습니다. 베개를 베고 자다가 머리가 베개 아래로 떨어졌다는 뜻으로 '낙침증'이라는 병명까지 있습니다. 그런데 요즘 아이들은 대부분 목을 기울이거나 앞으로 쭉 뺀 상태로 두세 시간을 휴대전화나 컴퓨터 오락을 하다가 목 근육에 탈이 난 것입니다. 물론 시험공부를 열심히 해서 그렇게 되는 아이들도 있습니다.

한의원이 파주출판단지 가까이 있어서, 출판사에서 일하는 편집자들이 환자로 많이 옵니다. 하루 종일 책상 앞에서 모니터를 보거나 인쇄된 글을 보면서 교정교열을 해야 하는 직업군이니 어깨, 목 통증 환자가 많아 제가 '출판단지 직업병'이라고 부를 정도입니다. 매번 마감이 다가오면 오른쪽 어깨와 등 근육이 굳어서 오는 30대 여자 환자가 있습니다. 그런데 그날은 마감 날이 아니라 오히려 마감 뒤 집에서 쉬면서 주말을 보낸 월요일이었고 오른쪽도 아닌 왼쪽 어깨가 아프다고 했습니다.

"누워서 고개를 오른쪽으로 돌리고 영화 한 편 보셨어요?"

"앗! 어떻게 아셨어요? 텔레비전을 좀 오래 봤어요."

오른쪽으로 시선을 돌리고 목을 고정한 채 집중하며 텔레비전을 보면 머리를 지탱하는 목의 왼쪽 근육들이 늘어나면서 긴장 상태가 됩니다. 두 시간 정도 지속되면 근육은 굳기 시작하지요. 보통은 그렇게 쉬다가 잠들어 버리기 일쑤입니다.

"거북목이나 일자목인 분들은 조금만 좌우 균형이 안 맞아도 목둘레 어깨 근육에 탈이 잘 납니다. 조심하세요."

목 근육을 괴롭히는 원인은 여러 가지입니다만, 한두 시간 만에 목 근육이 탈이 날 만큼 우리 시선을 고정시키는 건 대부분 텔레비전, 휴대전화, 컴퓨터, 오락입니다. 이런 디지털 문화를 피해 갈 수 없는 시대인 만큼 병의 원인으로도 확실히 자리매김했습니다. 점쟁이처럼 병의 원인을 안 것이 아니라 모두가 앓고 있는 이 시대의 병이기에 원인을 어림잡게 됩니다.

허리 척추관협착증으로 오랫동안 치료를 받던 70대 환자가 한동안 오지 않다가 목이 아프다며 왔습니다.

"그사이 허리는 좀 좋아지셨어요? 기록을 보면 목은 한 번도 아픈 적이 없는데 언제부터 아프셨어요?"

"허리는 통증이 갈수록 심해져서 병원에서 수술받았다우. 병원에 누워 있으면 무료하다고 아들 녀석이 스마트폰을 사 줬는데 처음에는 쓰는 법 익히느라 애를 먹었다우. 그런데 익숙해지고 나니까 이거 참 재미있는 물건이더구만? 요즘 휴대전화 고스톱에 빠져서 말이우, 그래서 목이 고장 났지 뭐유."

"아픈 까닭을 아시면서도 절제가 잘 안 되지요? 보통 손주들 오락 많이 하는 거 이해 못 하다가 휴대전화로 고스톱 치면서 이해하게 되었다는 분들이 많아요."

"나만 그런 게 아닌가 보네. 집사람이 휴대전화만 붙들고 있다고 맨날 타박이라우."

《황제내경》에 '오래 보면 혈을 상하고, 오래 누워 있으면 기를 상하고, 오래 앉아 있으면 육을 상하고, 오래 서 있으면 골을 상하고, 오래 걸으면 근을 상한다. 이것을 다섯 가지 수고로움으로 몸이 상하는 것이라 한다'는 글이 있습니다. 이천 년 전 책에 음양오행설을 바탕으로 행동에 따라 상하는 부위를 오행 분류로 짝지어두었습니다. 휴대전화를 오래 바라보면 눈이 충혈되니 혈을 상한다고 볼 수 있고, 쉬는 날 오래 누워 있다 보면 더 기운이 없어질 때도 있으니 기를 상하는 것 같기도 합니다. 하지만 무엇보다도 '한 가지 자세로 오래 있으면 기혈골근육이 다 상하게 된다'는 것이 옛사람이 현대인들에게 전하고자 하는 말일 겁니다.

한 가지에 집중해서 시간 가는 줄도 모르는 것은 근육에 좋은 일이 아닙니다. 근육이 긴장하거나 수고롭지 않으면서도 디지털 문화를 즐길 방법을 찾아야 하겠습니다.

작은 부위지만 성가시고 끈질긴 통증, 발가락

한쪽 발을 절면서 60대 여자 환자가 들어왔습니다.

"발목을 다치셨어요?"

"아니요, 발가락이요. 한 달 전에 냉동실 문을 열다 얼려 둔 곰 국이 떨어져서 발가락을 다쳤어요. 정형외과에서 엑스레이를 찍었는데 뼈는 괜찮았어요."

"그때 깁스를 했나요?"

"예, 2주 하라고 해서 꾸준히 반깁스를 하고 다녔어요. 부기도 빠지고 다 나았는데 어젯밤부터 아프다 다시 붓기 시작했어요."

"어제 낮에 구두 신으셨어요?"

"어머! 어떻게 아셨어요? 어제 집안에 결혼식이 있어서요. 결혼 식에 운동화를 신고 갈 수는 없어서 정장에 구두를 신었지요. 그거 잠깐 신었다고 다시 이렇게 될까요?"

먼저, 냉동실에 넣어 둔 물건이 떨어지는 바람에 발가락이나 발

등을 다쳐서 오는 분들이 많습니다. 얼어 있는 음식끼리는 잘 쌓여 있다가도 쉽게 쓰러지니까 너무 꽉꽉 채우지 않는 것이 좋습니다.

그리고 발가락을 다친 경우는 다쳐서 생기는 통증보다 구두, 등 산화같이 딱딱한 신발 때문에 생기는 이차 통증으로 오는 환자가 더 많습니다. 제가 그분이 구두를 신었다고 추측한 까닭이 여기에 있습니다. 작은 부위지만 성가시고 끈질기게 환자를 아프게 하는 통증 1위로 저는 발가락 질환을 꼽습니다.

발가락 골절 때문에 허리까지 아픈 50대 환자도 있습니다.

"호주 여행을 4년 전에 갔나요?"

"그렇네요. 4년이 지났으니 이제 발가락은 괜찮은데 허리가 계 속 탈이 나요."

4년 전 여름, 환자분은 성당에서 단체로 가는 호주 여행을 열흘 동안 떠났습니다. 그런데 도착 첫날 호텔에서 트렁크 가방을 정리 하다가 가방이 발가락 위로 떨어졌습니다. 너무 아팠지만 단체여 행 일정을 방해하고 싶지 않아 참고 다녔답니다. 운동화를 신고 다녔지만 긴 시간을 걷다 보니 점점 아파오는데 볼거리에 마음이 뺏겨 숙소에 돌아와서야 발이 많이 부은 것을 확인했다고 합니다.

"그때만 해도 제가 젊었나 봐요. 닷새 동안은 낮에 아픈 줄 모르 고 다녔으니까요."

닷새가 지나니 걸음걸이가 이상해져서 같이 간 분들이 왜 그러 냐고 묻기 시작했다고 합니다. 발가락이 신발에 닿을 때마다 아프 니 발뒤꿈치로 걷게 되고 그러다 보니 한쪽 다리 무릎을 펴고 고 관절은 팔자걸음을 걸을 때처럼 바깥으로 향하게 됩니다.

여기까지 읽고 따라하는 분들이 없기를 바랍니다. 잠깐 발이나 무릎이 아파 그리 걷는 것은 문제가 없지만 그분은 닷새를 그리 걸었습니다. 같이 간 여행객들 모두 그분이 아프다는 것을 알게 되고 가이드가 병원에 가자고 했답니다.

"그때라도 병원에 갔으면 빨리 나았겠지만 여행은 못 했을 거예요. 다시 돌아간다고 해도 저는 병원에 안 갔을 겁니다."

결국 가이드가 어디선가 목발을 구해 왔고 남은 일정은 목발에 의지해 다녔다고 합니다. 여행에서 돌아와 정형외과를 갔더니 '피로골절'이라고 했답니다.

"그런데 피로골절이 뭐예요? 제가 열흘 동안 호주를 돌아다니면서 피곤하기는 했으니 피로해서 생긴 골절인가요? 하하하."

"정말 긍정적이시네요. 이렇게 발이 아픈 상황에서 그런 농담도 하시고. 제가 검색해서 보여 드릴게요."

인터넷에서 피로골절을 찾아 보여 주었습니다.

'피로골절. 뼈에 질환이 있거나 외상을 당하지 않았으나 심한 훈련 등으로 반복되는 자극 때문에 뼈의 일부분에 스트레스가 쌓여 생긴 골절로, 뼈가 완전히 부러지지 않은 골절을 말합니다. (줄임) 근육이 피로해져 그 기능을 제대로 하지 못해 뼈에 무리가 가고 골절이 발생하게 되는 것입니다.'

"말이 어렵네요. 그러니까 처음부터 골절은 아니었지만 계속 자극을 받아서 뼈에까지 영향이 미쳐 가느다랗게 실금이 간 거예요."

이런 이야기를 주고받았을 때는 여행 뒤 정형외과에서 발 전체에 깁스를 하고 목발을 짚으며 한의원에 온 날이었습니다. 목발을

짚고 다녀서인지 발보다는 겨드랑이와 등, 허리가 아프다고 호소
했습니다. 2주 동안 허리 치료를 하면서 발가락 깁스를 풀면 거기
도 침을 맞을 수 있느냐고 물으셨습니다.

"발가락에도 혈자리가 있지만 많이 아프실 거예요. 뼈가 빨리
튼튼해질 수 있도록 최대한 발을 쓰지 않는 게 좋아요. 손가락
골절보다 발가락 골절이 더 오래갑니다. 손은 한동안 의식적으
로 안 쓸 수 있지만 걷지 않을 수는 없으니까요."

그 뒤로 발보다는 허리가 아파서 자주 오셨습니다. 얼마 전 그
분과 코로나19 때문에 앞으로 외국여행을 할 수나 있을까 하는 이
야기를 나눴습니다. 그분이 처음 간 외국여행이 4년 전 호주였고
그 뒤로 한 번도 못 갔다고 합니다.

"발이 아파도 여행 다녀온 걸 후회한 적이 없었는데 요즘은 더
확신해요. 아파도 그냥 꾸역꾸역 다니는 게 맞는 것 같아요."

"그렇네요. 하고 싶은 것, 좋아하는 것은 상황이 주어질 때 어떻
게든 해야 후회가 없는 것 같아요."

"비가 오면 그때 다쳤던 발가락이 가끔 아프거든요. 그럴 때마
다 호주 여행을 생각해요. 그럼 좀 덜 아픈 것 같거든요."

웬만한 치료나 약보다는 마음을 어떻게 먹느냐가 통증을 다스
리는 데는 명약일 수 있습니다.

여름철이 되면 발을 드러내는 샌들을 많이 신습니다. 20대 여자
분이 엄지발가락과 검지발가락에만 줄을 끼워 신는, 일명 '쪼리'를
신고 바닷가로 휴가를 다녀왔습니다. 그 뒤로 점점 엄지발가락이

아프고 걷기가 불편했답니다.

"아버지가 통풍이 있거든요. 아픈 부위를 보여 드렸더니 아버지 도 통풍으로 엄지가 붓고 아팠다고 하셨어요. 저 통풍일까요?"

"가만히 있을 때 아프세요, 아니면 걸을 때 아프세요?"

"걸으면 아파요. 가만히 있을 때 아프면 통풍인가요?"

"통풍은 가만히 있어도 많이 아픕니다. 쪼리 신고 하루 종일 걸 으셨지요? 걸을 때 엄지에 힘이 많이 들어가요. 특히 모래밭에 서는 더하고요. 침 치료하고 부기가 가라앉도록 냉찜질해 드릴 게요. 며칠은 조금 큰 운동화 신으세요. 많이 걷지 마시고요."

"다른 방법 없을까요? 발에 열이 많아서 꼭 샌들 신어야 하거든 요. 그래서 맨날 어디에 발을 부딪혀 자주 다치지만요."

이번 엄지발가락 통증은 쪼리 신발의 특성 때문이니 형태가 다 른 샌들을 신으라고 했습니다. 여름에는 발이 드러나는 신발을 신 고 장애물에 부딪혀서 상처가 생기는 분이 많으니 환자분들에게 되도록 운동화를 권해 드립니다.

조심해서 발가락을 다치지 않게 하는 게 우선이지만 다쳤다면 할 수 있는 한 신발로 압박하거나 많이 걷지 마세요. 그러나 좋은 추억을 쌓을 기회라면 어느 정도 감수하고 신나게 즐기는 것도 나 쁘지 않은 선택 같습니다.

여름 계절병

여름 하면 파란 하늘, 푸른 바다, 시원한 물속……. 이런 말들이 떠오릅니다. 그러나 한의원 차트 속에는 냉방병, 설사, 발바닥근막염, 아킬레스건염 들이 등장합니다.

설사는, 음식이 상하기 쉬운 계절이라 음식 때문에 생기지만 얼음물이나 수박, 참외 같은 차가운 성질의 과일을 많이 먹어 생기기도 합니다. 아이가 여름에 아이스크림을 먹지 않았는데도 배가 살살 아프다고 하면 자주 마시는 찬물 때문일 수 있습니다.

"아무리 그래도 그렇지, 이런 날씨에는 정수기에 냉수를 쓸 수 있게 해 봐야지."

"원장님이 환자분들 건강을 위해 그리한 것이니 그냥 정수물 드세요."

한의원 대기실에 있는 정수기는 냉수, 온수를 조절할 수 있지만 일 년 내내 냉수 기능을 꺼 둡니다. 그래서 특히 여름에는 환자들

불평을 자주 듣습니다.

여름철 몸 상태를 우물에 견주기도 합니다. 겨울보다 여름에 우물물이 더 차갑듯이 우리 몸도 겉은 더워도 안쪽 소화기관은 차가워집니다. 현대 의학으로 설명하면 피가 몸 겉면에 몰려서 상대적으로 소화기관에 피 공급이 줄어든다고 생각하면 됩니다. 그런 상황에서 얼음물이 위 속으로 들어가니 위 입장에서는 한겨울이 됩니다. 그러니 소화능력이 떨어져 음식물이 제대로 소화되지 않고 장으로 내려갑니다.

소장의 역할은 영양분 흡수이고 대장의 역할은 수분흡수입니다. 그런데 제대로 소화되지 못한 음식이 내려오니 소장과 대장에서도 충분히 흡수하지 못하고 몸 밖으로 나오게 됩니다. 설사 한두 번 정도는 몸에 치명적이지 않습니다만 네다섯 번 이어지면 몸속 수분량이 떨어집니다. 탈수가 일어나지요. 그래서 설사 한두 번 뒤 복통이 없으면 배를 따뜻하게 하고 잘 익힌 따뜻한 음식을 먹으라고 합니다. 하지만 설사가 지속적일 때는 탈수를 걱정해서 지사제를 권하기도 합니다.

진짜 하고 싶은 이야기는 '발바닥근막염'입니다. 이름 그대로 발바닥 근막에 염증이 생긴 것입니다. 발바닥에 있는 근막은 발뒤꿈치 뼈인 종골에서 발가락 다섯 개가 나누어지는 부분까지 이어 주는 아주 강한 띠입니다. 이 근막은 발바닥 아치를 유지하며 체중을 버티는 역할을 합니다. 흔히 알려진 평발은 이 아치가 높지 않아 발이 체중의 충격을 흡수할 수 없습니다. 그래서 근막에 충격이 많아 근막염이 더 쉽게 생깁니다.

계절과 상관없는 병으로 알려졌고, 오랜 시간 서 있거나, 운동이 지나쳐 발에 스트레스가 늘어나면 걸립니다. 몸무게가 갑자기 늘어난 경우에도 걸리기 쉬운 질환입니다. 그런데 저는 발바닥근막염을 여름 계절병이라고 생각합니다.

20대 중반의 여자 환자가 왔습니다.

"아침에 일어나면 발 디디기가 너무 겁이 나요. 그래서 침대에서 내려설 때 까치발로 걸어서 화장실에 갑니다."

"오후에는 어떠세요? 아침만 심하고 오후에는 통증을 모르고 지내시지요?"

"예, 아침에는 정말 '악' 소리가 나요. 오후에는 괜찮아서 병원에 간다 간다 하다가 이제 왔네요."

"발바닥근막염 같아요. 얼마나 되신 거예요?"

"한 달쯤요. 제가 허리가 안 좋아서 진통소염제를 먹는 게 있거든요. 그 약 먹으면 허리는 안 아픈데 발바닥은 똑같아요."

"한 달 전에 무슨 일이 있었을까요? 여름이라 샌들 신고 여행

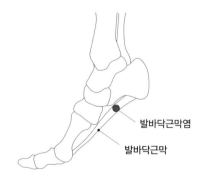

발바닥근막염

발바닥근막

다녀오신 건 아니죠?"

"한 달 전에 배낭여행 갔다 왔거든요. 덥기도 하고 짐도 줄일 겸 해서 샌들 하나로 2주 동안 다녔어요."

"여름에 여자분들이 샌들 신다가 발바닥근막염으로 많이 와요. 남은 여름은 쿠션 좋은 운동화 신고 다녀야 빨리 나아요."

발바닥근막염은 염증이라 환자분이 허리를 위해 먹은 진통소염제로 나을 수도 있었습니다. 하지만 통증의 원인인 신발을 바꾸지 않았기 때문에 허리는 좋아졌지만 발바닥 염증은 낫지 않은 것이지요.

"염증인데 왜 하루 종일 안 아프고 아침에만 아플까요?"

"자는 동안 발바닥근막이 수축돼요. 아침에 체중이 근막에 실리게 되면 과잉 수축되어 있던 근막이 늘어나면서 근막 부착 부위인 뒤꿈치가 아파요. 아침에 일어나서 첫발 디디기 전에 발바닥을 마사지해 주세요."

"아침에 출근하기 바빠서 마사지할 여유가 없어요. 그리고 정장을 입어야 하는 회사라 구두가 필수거든요."

"발에 편한 구두는 굽이 앞보다 뒤가 살짝 높고 전체적으로 높이가 있어서 충격이 완화될 만한 고무 재질 바닥이 좋아요. 흔히들 '컴포트슈즈'라고 하는데 모양이 젊은 분들 취향은 아니에요. 푹신한 운동화가 최고인데……. 원인을 제거하는 것이 질병 치료의 시작입니다."

환자분은 침 치료도 받았습니다. 침으로 수축된 근막을 풀어 주고 발바닥의 혈액순환을 원활하게 해서 딱딱한 구두로 지친 발의 피로를 풀어 주었지요. 일주일 뒤 같은 환자분이 다른 곳이 아파졌다고 했습니다.

"발바닥이 나으니 뒤꿈치가 아파요."

"뒤꿈치 쪽에 아주 유명한 건이 하나 있어요. 아킬레스건이라고. 발바닥근막염이 생기면 여기도 염증이 잘 생깁니다."

종아리근육을 많이 사용할수록 종아리근육을 뒤꿈치에 연결하는 아킬레스건에 무리가 갑니다. 달리기는 물론이고 오랜 시간 등산이나 걷기를 해도 종아리근육이 많이 사용되고요. 처음에는 근육통이라고 생각하지만 시간이 지날수록 아킬레스건염증으로 나타나는 경우가 많습니다.

몸의 염증이란 해당 부위를 쓰지 않고 푹 쉬어야 낫는데 회사 때문에 제대로 쉬지를 못한 겁니다. 그래도 통증의 원인을 없애면 시간이 지날수록 나아질 수 있는 정도의 염증이었습니다.

원인도 알고, 신발도 바꾸었고, 아침마다 발 마사지를 했지만 나아지지 않은 환자가 있었습니다. 이 환자의 발바닥근막염 원인은 임신, 출산으로 갑자기 불어난 체중도 있었지만 살을 빼려고 했

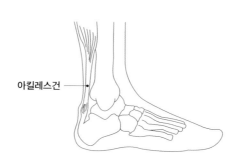

아킬레스건

던 엄청난 운동이 더 컸습니다. 아이를 낳은 40대 초반 환자는 여름을 대비해 6월부터 운동을 했습니다. 권투 체육관에서 줄넘기를 천 개씩 하고, 권투 연습을 한 뒤 동네를 두 시간 동안 빠른 걸음으로 걸었습니다. 일주일이 지나니 5킬로그램이 빠졌지만 종아리와 발바닥이 아파 왔습니다. 뒤꿈치도 아팠습니다. 줄넘기를 할 수 없게 되자 한의원을 찾아왔습니다.

"안 빠질 줄 알았는데 운동으로 5킬로그램이 빠지고 나니 욕심이 생겨서요. 인터넷에서 찾아보니 발바닥근막염이라고 해서 신발도 좋은 걸로 바꾸었거든요."

"발바닥근막염은 신발을 바꾸면 좋아지지만 아킬레스건염은 운동을 계속하면 낫지 않아요. 특히 뛰는 동작은 아킬레스건에 염증을 일으키거든요."

"줄넘기할 수 있을 정도로만 낫게 해 주세요. 완치는 바라지도 않아요."

"운동 종목을 바꿔 보는 건 어떠세요? 물속에서 걷기가 환자분에게는 가장 무리가 안 되는 동작이거든요."

이분은 발이 아파도 운동을 하고자 하는 의지가 컸습니다. 하지만 체중 때문에 발바닥근막염이 생긴 분들은 운동을 해서 더 아프면 대부분 하던 운동도 그만두고 걷기마저 안 해서 더욱 체중이 불어나는 경우가 많습니다. 사람들이 체중감량을 원하는 계절, 더워서 운동화보다 샌들을 찾는 계절, 그래서 발바닥근막염은 여름 계절병입니다.

4장

우리 동네 마음 주치의

╋

몸 돌보기 마음 살피기

한밤중
지팡이 소리

"천장에서 천천히 '쿵, 쿵, 쿵' 하는 소리가 거실 한쪽에서 나거든. 그러면 윗집 할아버지가 소파에 앉았다가 화장실 가는구나 싶어. 조금 있으면 물 내리는 소리가 들리고 또 '쿵, 쿵, 쿵' 소리가 나. 그럼 다시 소파로 가는 소리구나 싶고. 밤에도 한 번씩 그 소리가 나는데 밤이라 그런지 아주 크게 들려."

환자분 이야기를 듣고 층간소음 때문에 잠을 못 주무셨나, 그걸로 스트레스가 큰가 하는 생각이 먼저 머릿속을 스쳤습니다. 그러면서 짧은 순간, 우리 집에서 있었던 일이 생각났습니다.

아이들이 여섯 살, 일곱 살일 때 거실을 방음매트로 빈틈없이 메웠지만 소파에서 뛰어내리는 소리는 집 안에 있는 저도 놀라게 했습니다. 아이들이 '쿵' 하고 뛰어내리면 제 마음도 '쿵' 내려앉았습니다. 그 소리는 당연히 아랫집 할아버지를 화나게 했습니다. 할아버지는 우리 집에 올라와 아이가 둘 있는 걸 확인하고는 좀 얌

전히 놀라고 말하고 갔습니다.

그런데 일주일도 되지 않아 아이들은 또 뛰어놀았고, 할아버지가 또 올라올 것 같아 아이들을 앞세워 사과하러 갔습니다. 그런데 그 집 대문이 열리자마자 엄청난 담배 냄새를 맡게 되었습니다. 거실 큰 유리창을 열면 나는 담배 냄새가 이 집에서 올라오는 거였구나, 확실히 알게 해 주었습니다. 세탁기가 있는 세탁실에서도 담배 냄새를 맡을 수 있었지요.

사과를 어찌했는지 기억은 없고 올라오는 담배 냄새의 원인을 찾은 날로만 기억합니다. 층간소음으로 아랫집에서는 담배를 피우고, 윗집에서는 더욱 쿵쾅거려 복수를 한다더니 남의 일이 아니었습니다. 우리 식구의 미래가 될까 두려웠습니다. 그러니 더 조심해야 했고 한여름에 담배 냄새가 올라와도 아이 있는 집이 가지는 죄책감으로 참고 또 참았습니다.

그러던 어느 날 엘리베이터에서 아랫집 할아버지와 할머니를 만났습니다. 우리 아이들이 "안녕하세요" 하고 기죽은 목소리로 인사를 드렸는데, "네놈들이 맨날 뛰지!"라며 화를 냈습니다. 이 말을 듣는 순간 저는 이사를 결심했습니다. 나이 지긋한 분들과 한바탕 싸울 수는 없으니까요. 이런 경험 때문에 환자분한테 들은 '윗집 지팡이 소리'는 스트레스를 주는 이야기로만 생각했습니다.

"원장님, 그 윗집 할아버지, 여기 한의원 다니는 분이여. 키 크고 피부 하얀 분. 무릎에 침 맞는 그 집이야. 그런데 그분 요즘 한의원 안 오지? 지팡이 소리가 안 들려, 요 며칠. 그래서 걱정이 돼서 말이야. 밤에도 한 번씩 소리 때문에 잠을 깨지만 혼자 화장실 가려고 애쓰는 모습이 그려져서 참았거든. 그런데 안 들리니까 무슨 일이 있나 걱정이네. 뭐 소식 들은 거 없어?"

키 크고 피부 하얀 윗집 환자분은 '파킨슨병' 초기 증상을 앓고 있습니다. 파킨슨병이란 신경퇴행성 질환입니다. 나이와 관련이 많고, 천천히 진행되는 특징이 있어서 '퇴행성'이라는 말이 붙었고, 어떤 까닭인지는 모르지만 뇌신경이 소멸되어 신경전달이 잘 이루어지지 않게 됩니다. 대표 증상은 손 떨림, 강직(근육이 굳음), 운동 완서(느리게 이루어지는 행동), 자세 불안정입니다.

어떤 동작을 하려고 해도 시작이 쉽지 않고, 동작이 매우 느리며, 한번 시작한 동작을 멈추는 것도 쉽지 않습니다. 멈추었다가 걸으려고 하면 한 발짝 내딛는 게 쉽지가 않고, 다음 발을 내딛기까지도 시간이 걸립니다. 일단 걷기 시작하면 다리가 몸 움직임을 따라가지 못해 보폭이 좁아지는 잰걸음이 되고 속도가 빨라집니다. 걸어지긴 하지만 멈출 때 한번에 딱 멈추어지지 않아 지팡이가 없으면 몸이 기울기도 합니다. 자세가 불안정해 균형을 잃고 넘어지기라도 하면 운동이 느리게 이루어지므로 넘어지는 자세에 방어를 못 해서 크게 다치게 됩니다. 근육 강직으로 얼굴 표정도 별로 없어 화가 난 사람처럼 보이기도 합니다.

윗집 환자분은 초기여서 전형적인 파킨슨병 증상이 자주 나타나지는 않았습니다. 그래도 지팡이를 짚지 않으면 넘어질 것 같은 때가 많았습니다. 아내가 부축하다가 같이 넘어질 뻔한 일도 있어서 아내와 함께 한의원에 오더라도 혼자 지팡이로 걸으려고 노력했습니다. 그런 모습이 안쓰러운 아내는 지켜보기라도 해야 마음이 편하다며 자주 따라왔습니다. 또 어떤 음식이 이 병에 좋은지도 자주 물었습니다. 환자분은 병 때문에 얼굴에 표정이 없었지만 말하는 데는 문제가 없어서 날씨가 어떤지 자주 물었습니다.

이 환자분 내외가 한의원에 올 때는 콜택시를 불러서 타고 왔습니다. 100미터 정도밖에 안 되는 가까운 거리지만 걸어서 오기는 힘듭니다. 기본요금밖에 안 나오는데도 콜택시 기사님들은 짜증 내지 않았습니다. 조금이라도 나아지려고 병원 가는 마음을 자식 된 마음으로 이해하는 것이겠지요.

침 치료 뒤 따뜻한 찜질을 해 드리면 5분 뒤 작게 코 고는 소리가 들립니다. 더듬더듬 걸어 들어오던 모습과 달리 치료 뒤 나가실 때는 어깨도 펴진 것 같고 조금 더 기운이 나 보입니다.

"택시 불러 드릴까요?"

"침 맞고 나면 운동 삼아 걸어갈 정도는 돼."

늘 이렇게 말씀하던 분이었습니다. 침 치료가 파킨슨병의 근육 증상을 완화한다는 논문은 있지만 병 자체가 퇴행성이라 크게 나아지기를 바라기는 힘듭니다. 그래도 치료를 받고 나면 조금이라도 생활이 편해진다고 했습니다. 그렇게 파킨슨병을 받아들이고 적응해 가던 분이었습니다.

아랫집 환자분 이야기에 기록을 찾아보니 윗집 환자분이 안 온지 2주가 지났습니다. 그래서 환자분 댁에 전화를 걸었습니다.

"……."

아무도 전화를 받지 않아 간호사와 저는 그날 걱정을 많이 했습니다.

다음 날 아침 9시에 아내분한테서 전화가 왔습니다. 한의원에서 전화 온 기록이 있어서 전화했노라고 말입니다. 환자분 안부를 여쭈니 지난주부터 증상이 심해져서 병원에 입원했다고 합니다. 더욱 마음이 무거워졌습니다. 좋아지기를 기대하기는 힘든 병이니 통증이 없기만을 바랐습니다.

그 뒤로 여섯 달쯤 지난 어느 날이었습니다. 입원치료로 더욱 더 얼굴이 하애진 윗집 환자분이 한의원 문을 열고 들어섰습니다. 표정은 없지만 밝은 목소리로 말합니다.

"나 걱정돼서 전화했어, 원장님이? 간호사들도 잘 있었어?"

그러면서 떨리는 손으로 제 손을 잡아 줍니다. 손이 따뜻한 걸 보니 기운이 좀 좋아지신 듯합니다. 아랫집에 사는 환자분의 이해, 100미터를 군말 없이 실어다 주는 기사님, 묵묵히 뒤에서 따라다니는 아내…… 식구들과 이웃의 마음 씀씀이로 증상이 나아진 것 같습니다.

예전에 제가 살던 아파트에서 우리 아이들이 내는 '쿵' 소리에 힘들어하던 할아버지에게 제가 좀 더 살갑게 대했다면, 죄송하다고 더 자주 사과를 드렸다면 관계가 좋아져서 이웃으로 계속 살아가지 않았을까요?

하지만 아직도 문제가 생기면 부딪치기보다 더 커지기 전에 피하고 싶은 게 제 마음입니다. 아직은 어르신들한테서 이웃 사이 정을 더 배워야 하나 봅니다.

위로 아닌 위로

    여성 한의사라는 점 때문인지 유산 뒤 어혈 치료와 체력 보강을 하러 오는 환자가 많습니다. 웃는 얼굴로 대수롭지 않게 들어와서 달래 줄 필요가 없는 환자도 있고, 저를 보자마자 제가 쓴 글을 봤다며 펑펑 우는 환자도 있습니다. 환자 처지에서는 혼자만 겪는 일 같아 힘들고 괴로웠는데 다른 이들도 유산을 겪고 이와 관련된 이야기를 나누었다는 것만으로 위안이 되어 울 수도 있겠구나 싶습니다.

    상대의 아픔과 비슷한 일을 겪고 그 경험을 나누면서 위로할 수도 있지만, 그냥 들어주는 것만으로도 위로할 수 있습니다. 그 분야 전문가나 권위자가 들어주면 더 좋겠지만 꼭 자격이 필요한 것은 아닙니다. 아무것도 몰라도 때로는 걱정해 주는 마음만으로도 위안을 받으니까요.

    제가 감히 위로하거나 동정할 수 없는, 경험해 본 적 없고 그 분야 전문가도 아니라서 그냥 이야기를 들어주고 싶은 환자와 보호자가 있습니다. 고등학교 3학년인 둘째 아들과 손을 잡고 걸어오는 50대 여자분 뒤로, 군대에서 휴가 나온 185센티미터의 키 큰 큰아들이 뒤따랐습니다.

"어머, 원장님. 밖에서 뵈니 더 어려 보이셔요."

"전에 말씀하신 아드님들이군요. 든든하시겠어요."

갱년기 증상 때문에 한의원에 왔다가 어깨 통증 침 치료도 받고 있는 분이었습니다. 아들 둘이지만 둘째 아들이 엄마 손도 잡고 다닐 정도로 다정하다고 합니다. 무뚝뚝한 큰아들은 어릴 때부터 혼자서 할 일을 척척 해내는 아이라 부모 도움이 필요 없어 보여 때로는 섭섭하기까지 했답니다. 길에서 잠깐 만난 뒤 남편분과 함께 한의원에 왔습니다.

"아드님 두 분이 아버님 닮아서 멋있었군요"라고 인사할 정도로 멋진 신사분이었고 아주 행복해 보이는 가족이었습니다. 큰아들이 제대하자 떨어진 체력을 키워 달라며 어머니가 큰아들을 이끌고 한의원에 왔고, 무뚝뚝한 큰아들은 "아픈 곳 없습니다"라고 한마디만 했습니다. 그렇게 5년 동안 한의원 환자로 이 가족을 만났습니다. 다정한 둘째 아들, 갱년기를 이기고 운동을 다니며 허리 치료를 받는 엄마, 당뇨를 상담했던 아버지, 매번 엄마 손에 끌려오는 차가운 도시 남자 큰아들. 저는 그 가족을 이렇게 기억하고 있었습니다.

그러다 한동안 그 가족이 보이지 않아 이사를 갔나 보다 했습니다. 그 집 어머니가 말없이 이사 갈 분이 아닌데, 이런 이야기를 간호사와 나누며 2년이 훌쩍 지났습니다. 그리고 어느 날 찾아온 어머니. 슬픈 얼굴로 상담을 요청했습니다. 저는 반가운 마음에 슬픈 표정을 읽지 못하고 "이사 가신 줄 알았어요" 하며 원장실로 맞이했습니다.

"원장님, 상담을 좀 길게 해도 될까요?"

"그럼요, 오랜만에 오셨으니……. 마침 환자가 없을 시간입니다."

그렇게 한 시간은 넘게 이야기를 한 듯합니다. 뭐든 혼자 알아서 잘하던 큰아들은 오토바이를 타고 직장에 성실하게 다녔다고 합니다. 그러다가 밤에 사고가 났는데 차와 충돌했답니다. 차 주인은 잡을 수 없고, 정확한 사고 시간도 모르며 그저 방치되어 있다가 새벽에 발견되었다고 합니다. 뇌 손상이 심해서 병원 중환자실에 일 년 동안 있었고, 그 뒤 일 년은 수술을 거듭 받으며 일반 병실에서 지냈다고 합니다. 중환자실에서 일 년 동안 근육을 쓰지 않고 누워만 있어서 일반 병실로 옮긴 뒤부터는 걸음마부터 다시 배웠다고 합니다. 그렇게 2년이 흘러 못 할 것 같던 퇴원을 하고 이제부터는 통원치료를 받아야 한다고 합니다.

"사고 소식 듣고는 살아만 있기를 바랐습니다. 중환자실에서 지낼 때는 일반 병실로 갈 수 있기만 기도했어요. 퇴원해서 집으로 오니 꿈만 같지만 앞으로 어떻게 해야 할까요?"

"사고 후유증이 어느 정도인가요? 제가 전문가는 아니지만 그래도 아는 데까지는 말씀드릴게요."

"입원했던 병원 원장님도 친절하게 설명은 해 주는데 계속 기다려 보자고만 하세요. 장애 판정을 받을 수는 있다고 하는데 정

164

말 예전처럼 돌아갈 수는 없을까요?"

'장애'라는 말은 긍정이 될 수도 부정이 될 수도 없는 말, 그 자체로 중립적이어야 하지만, 사람들은 대부분 장애를 부정적인 말로 생각합니다. 하지만 선천적 장애를 가진 구성원이 있는 가족과 후천적 사고로 장애를 가진 구성원이 있는 가족은 좀 사정이 다릅니다. 사고 앞뒤로 생활이 너무나 다르기 때문에 어떤 가족은 변화된 관계나 상황에 적응하지 못해 회피하거나 부정하는 방식으로 장애인을 대하기도 합니다. 선천적 장애가 있다고 해서 변화의 충격이 없는 것은 아니지만 장애를 가진 아이가 태어나는 경우, 부모가 감당해야 하는 몫에 대한 준비를 조금 더 담담히 해 나가는 경우가 많습니다.

그런데 어른이 되어 군대까지 다녀온 아들이, 처음엔 살아만 있어도 고마울 것 같았지만 장애인으로 돌아와 일상생활을 힘들어하는 모습을 보는 것은 참으로 힘든 일입니다. 장애를 가지기 전 모습이 떠올라서 더 힘들고, 때로는 보고 싶지 않거나 예전으로 돌아가기를 더 간절히 바라게 만듭니다.

"제가 단정 지어 말하기는 어렵습니다만, 수술했던 원장님이 아드님 뇌가 십 대 소년 수준이라고 했으니 서른 살 아들이 아닌 십 대 아들로 대해 보는 것은 어떨까요?"

"정말 돌아갈 수 없을까요?"

하루 종일 머릿속에 그 말이 맴돌았습니다. 화타라도 되어 도와드리고 싶지만 재주가 모자랍니다. 다음 날 두 해 전 보았던 차가운 도시 남자 큰아들을 다시 만났습니다.

"안녕하세요? 제가 퇴원한 지 얼마 안 되어서 걸음걸이가 안 좋아요. 이상하게 보지 마세요. 물리치료사 선생님이 그러는데 걸음 배울 때 다 그렇다고 해요. 그리고 저 침 무서워요."

"예, 어머니한테 말씀 들었어요. 그래도 우리 한번 잘 지내보아요. 일주일에 두 번씩 한의원에 오기로 하구요."

조금은 수다스러워진 듯한 큰아들은 3개월쯤 지나고 나니 농담도 주고받고 가끔 간호사 선생님한테 사탕과 초콜릿을 주기도 했습니다. 뇌 수술과 두개골 복원 수술을 하면 한동안 안 보이다가 또 한의원에 치료를 받으러 왔습니다. 그때마다 어머니에게 수술 경과를 듣고, 십 대 소년이 된 아들의 어처구니없는 이야기도 들으며 같이 걱정하고 웃었습니다. 그렇게 5년이 지났습니다. 걸음걸이가 좋아진 큰아들과 아직도 언제 예전으로 돌아갈 수 있을까 기다리는 어머니한테 이런 농담도 했습니다.

"다치기 전에 한의원 왔을 때는 얼마나 쌀쌀맞던지, 차가운 도시 남자라는 건 듣기 좋으라는 표현이지 사실 대하기 좀 어려웠죠. 지금은 털털한 동네 총각 같아 인간미가 넘친다니까요. 지금 성격이 더 좋아요."

"그러게요, 원장님! 수술로 좋은 성격을 얻었다니까요?"

"어머니! 저는 예전에도 성격 좋았습니다. 두 분, 저를 두고 이러시면 한의원 안 올 겁니다."

"몸은 돌아와도 성격은 예전처럼 돌아오면 안 된다."

이렇게 웃으며 이야기하기까지 지켜보는 저도 힘들었는데 어머니는 어땠을까요. 다시 돌아갈 수 없더라도 웃게 되어 다행입니다.

첫아이를
낳는다는 것

보통 임신 8개월 차인 임신부가 한의원에 오는 건 산후보약이 궁금하거나 아이가 나오기 전 먹는 '달생산'이라고 하는 한약을 먹으려고 할 때입니다. 그런데 그날 온 임신부 환자는 허리가 아파서 왔습니다. 첫아이를 가졌는데, 병원에서 아이 성장이 빠르다는 이야기를 들었다고 했습니다. 몸무게는 10킬로그램 정도 늘어났는데 조금만 걸어도 허리가 너무 아프다고 했지요.

"제가 침 맞는 걸 좋아하거든요. 임신부도 침 치료 할 수 있죠?"

"그럼요. 침 치료 하고 저주파 치료와 찜질도 하실 건가요?"

"저주파도 전자파지요? 그건 안 하고 싶어요. 아이한테 영향을 줄까 봐 파스도 안 붙였거든요. 똑바로 누워 있는 자세를 5분도 못 해서, 찜질도 고민 좀 해 볼게요."

허리에 침 치료할 때 기본자세는 환자가 엎드리는 것입니다. 하지만 허리가 굽은 노인이나 임신부는 그 자세를 취할 수 없기 때문에, 옆으로 누워서 치료를 받습니다. 침을 놓기 전과 침을 뽑고 나서 하는 알코올 소독도 환자에게 물어보고 진행합니다. 알코올 소독은 당연히 해야 하는 과정이지만, 임신기에는 그 냄새나 피부에 닿는 느낌이 싫어지는 임신부도 있거든요.

침 치료를 한 뒤 바닥에 찜질팩을 깔고 임신부를 바로 눕혀 5분 정도 쉬게 한 다음 다시 옆으로 누이고, 다리 사이에 베개를 하나 끼워 주었습니다. 조금 뒤 다시 자세를 바로 해서 찜질을 5분 정도 했습니다. 치료 뒤에 환자가 번거롭게 해서 미안하다고 하더군요.

"그런 말씀 마세요. 허리가 아프면 똑바로 못 눕고 엎드리지도 못하고 옆으로 누워도 아프지요. 막달이 다가올수록 서 있어도 힘들고요. 그냥 아플 때마다 와서 치료받고 가세요. 아이 태어나고 나면 이것도 추억이 돼요."

그렇게 환자분은 막달이 될 때까지 자주 왔습니다. 예정일을 일주일 앞두고 '달생산'이라는 한약에 대해 물었습니다.

"한의사들이 아이 태어나기 전에 먹는 탕약이 있다고 들었거든요. 원장님은 드셨어요?"

"예, 첫째 때만 먹었어요."

"그걸 먹으면 좋은가요?"

'달생산'이라는 약은 태아를 수축하게 한다고 해서 '축태음'이라고 부릅니다. 보통 예정일 4주 전에서 3주 전부터 먹습니다. 양수에 붙어 있는 태아를 단단하게 만들어 수축된 것처럼 작아지게 하니 출산이 더 수월하겠지요.

"동의보감에 나오는 약이고 약재가 임신부가 못 먹을 만큼 독성 있는 약재는 아니에요. 제가 첫아이 가졌을 때 먹어 보니 약을 다 먹기도 전에 아이가 예정일보다 일찍 2.9킬로그램으로 태어났어요. 예정일보다 일찍 태어나서 몸무게가 적은 건지, 달생산 약 때문인지 정확히 알 수 없지만, '달생산이 초산모 분만에 미치는 영향'이라는 논문도 있고 연구도 많이 해요."

"저도 먹어 볼까요?"

"예정일이 일주일 남아서 약을 지어도 다 먹지 못할 수 있어요. 남편분과 상의도 해 보세요."

다음 날, 환자는 임신 8개월 차부터 아팠던 허리를 돌봐 준 저한테 믿음이 가서 약을 먹어 볼까 했는데, 첫아이라 그런지 남편이 겁을 낸다고 말했습니다.

"요즘 기형아 확률도 많다고 하고……. 한약 때문에 기형아가 된다는 뜻은 아니고요. 제가 아이한테 조금이라도 나쁜 영향이 갈까 봐 파스도 안 바르고 커피도 안 마시고 참는 걸 남편이 봐 왔거든요. 그래서 걱정되나 봐요."

"괜찮아요. 한의사 친척이나 가족이 있지 않으면 그 약을 지어 가는 분은 드물어요. 출산 뒤에 산후보약은 꼭 드세요."

"원장님이 지은 한약은 꼭 한번 먹고 싶어요. 참! 원장님, 둘째는 안 힘드셨나요?"

"저를 그리 믿어 주시니 고맙습니다. 한의학이 뛰어나서 제가 환자분께 좋은 한의사일 수 있는 거랍니다. 둘째 아이 이야기는 좀 길어요. 한의원 문을 열고 한참 바쁠 때여서 제가 마지막 생리를 언제 했는지 기억도 안 날 때였어요. 생리를 하지 않아 임신 테스트를 해 봤더니 아주 희미하게 두 줄이 나왔어요."

둘째 아이는 3.9킬로그램으로 태어났습니다. 자연분만이었습니다. 누군가 둘째 출산이 더 쉽다고 했는데 저는 첫째보다 1킬로그램이나 더 나가는 여자아이를 아주 힘들게 낳았습니다. 병원에서 유도분만을 하자고 했지만 약물 쓰는 게 싫어서, 입원해서 녹용 달인 물을 마시며 자연분만을 했습니다. 녹용 덕분에 자연분만으로 아이 낳을 힘이 있었다고 믿지만 적당한 시기에 아이를 작게 나오게 했어야 했다는 생각이 많이 들었지요.

첫아이를 임신하고 출산하는 건 고귀하고도 새로운 경험입니다. 그래서인지 어떤 해로운 물질도 태아에게 전하고 싶지 않아 먹을 것을 가려 먹는가 하면, 아무리 아파도 감기약도 진통제도 먹지 않는 임신부가 많습니다. 모유수유 때도 마찬가지예요. 아이에게는 깨끗하고 완벽한 것을 주고 싶어 합니다.

《면역에 관하여》(김명남 옮김, 열린책들)라는 책에서 저자 율라 비스는 그리스 신화 속 '아킬레우스'를 등장시킵니다. 아킬레우스의 어머니는 모든 어머니의 바람처럼 아들이 죽지 않는 몸이 되게 하려고 발목을 잡고 스틱스 강에 아이의 몸을 담급니다. 그 덕분에 아킬레우스는 불사의 몸이 되었지만 어머니가 손으로 잡은 발목에는 강물이 묻지 않아 약점이 되고 결국 그 부위에 독화살을 맞아 죽게 되지요. 율라 비스는 아이가 병균이든, 약물 독이든, 신체적 결함이든 모든 위험을 벗어나게 하는 것은 불가능하다는 이야기를 아킬레우스를 통해 전합니다. 부모가 아이에게 거는 완벽에 대한 기대와 환상에서 벗어나게 하는 것이지요.

하지만 저는 첫아이를 가졌을 때 부모가 태아에게 이것이 좋을까 저것이 좋을까 고민하며 배우자와 의논하는 과정의 소중함을 존중합니다.

예정일에 딱 맞추어서 환자의 아이는 건강하게 태어났고 삼칠일이 지나 산모가 아이를 안고 한의원에 왔습니다.

"몸은 좀 어떠세요. 아기가 잠은 잘 자나요? 부기는 좀 빠졌나요? 관절은 안 아픈가요?"

산후에는 '생화탕'을 기본으로 산모의 증상에 따라 약이 달라집니다. '오로'라 하여 자궁 분비물이 계속 나오는 경우, 복통이 생기는 경우, 미열이 지속되는 경우, 땀이 너무 많이 나는 경우, 관절이 많이 아픈 경우, 부기가 빠지지 않는 경우, 젖 양이 너무 적은 경우처럼 증상도 여러 가지라 처방도 달라집니다.

"임신 때 허리가 많이 아파서인지 아이가 태어난 다음 오히려 몸이 더 가벼워요. 부기도 없는 것 같고요. 모유도 아기가 먹을 만큼은 나와요. 그래도 꼭 원장님 한약 먹고 싶어서 왔어요."

아이한테 아킬레우스의 발꿈치 같은 약점이 나타나지 않기를 바라 봅니다.

황제의 건강을 위한 약, 공진단

공진단은《세의득효방》이라는 책에 처음으로 등장합니다. 이 책을 쓴 위역림은 원나라의 한의사로 황제의 건강을 위해 이 처방을 만들었습니다. 황제의 건강을 위한 약이었으니 대중들이 먹고 싶어 했겠지요. 그래서 조금씩 다른 처방으로 공진단이 나오기도 했습니다.

녹용, 당귀, 산수유, 사향 네 가지 약재로 환을 만든 것은 원래 책에 나오던 처방이라 하여 '원방 공진단'이라 합니다.

'녹용'은 보약에는 꼭 들어가고 성장과 원기보강에 도움이 되지요. '당귀'는 혈액순환을 돕는 약이니 보혈약이고, '산수유'는 간과 신에 좋은 약재로 힘을 응축시키는 역할을 합니다. '사향'은 공진단의 핵심 약재지만 잘 알려져 있지 않습니다. 약간 흥분작용을 하게 하는 사향은 사향노루의 생식기 근처에 있는 향기 주머니입니다. 향기 나는 약재이니 공진단의 약효를 온몸에 골고루 퍼지게 하는 역할을 하지요.

그런데 이 사향노루가 세계동물보호협회에서 멸종위기 동물로 지정되었습니다. 사이테스CITES 협약을 통해 멸종위기에 처한 야생동식물의 국제거래를 제한했습니다. 그러니 약재 수입이 제한적

일 수밖에 없습니다.

한때 약재를 구하기 어려워 '사향 공진단'을 구할 수 없을 때도 있었습니다. 사향 가격은 점점 오르니 예전엔 황제만 먹던 약이 이제는 돈이 많아야 먹는 약이 되어 버렸지요.

그래서 사향의 양을 줄이고 사향의 효능을 대신하는 '침향'이나 '목향'을 넣어 '목향 공진단'이나 '침향 공진단'을 만들기도 합니다. 침향과 목향은 그 이름에서도 알 수 있듯 향이 납니다. 침향은 나무에서 흘러나온 진액 가운데 나무에 엉겨 붙은 부분을 사용합니다. 목향은 식물의 뿌리를 사용하고요. 식물의 다른 부위를 재료로 쓰지만 동물성 약재인 사향과 비슷한 효과를 냅니다.

합당한 금액으로 건강에 좋은 효과를 내고 멸종위기 동물도 보호하자는 의미에서 '원방 공진단' 말고 '공진단'을 권장합니다.

출산과 반산

허리가 아파서 가끔 한의원에 오던 환자가 있습니다. 얼굴에 핏기가 없고 입술이 파래서 한눈에 봐도 추위를 잘 타겠구나 싶었습니다. 나이는 30대 초반이지만 평소 운동을 좋아하지 않고 세 살짜리 아이가 있다 보니 운동과 더 거리가 멀어진 환자였습니다.

침 치료할 때마다 "어지럽지는 않으세요?", "햇볕 보는 운동은 좀 하시나요?" 하고 물었지만 어렸을 때부터 몸이 허약해서 그저 불편하지만 않게 살았다고 했습니다. 탕약 한번 먹고 건강해져야 아이 키우기 덜 힘들 텐데 싶었지만 30대 여자 환자들이 탕약을 먹는 경우는 거의 없기 때문에 굳이 권하지는 않았습니다.

그랬던 그 환자가 임신 5주차에 '계류유산(사망한 태아가 자궁 내에 있는 것)'이 되었다며 한의원에 찾아왔습니다. '고운맘카드'에 임신·출산 지원금이 남아 있어서 유산 뒤 회복 한약을 먹기 위해서였습니다.

평소 그 환자를 보며 차트에 써 두었던, 꼭 한번 지어 주고 싶었던 탕약을 이제 지어 줄 수 있게 됐습니다. 유산하면서 생긴 어혈을 치료하고 활혈, 즉 혈액을 잘 순환시키는 약재도 들어가야 합니다. 유산한 뒤라 더 창백한 얼굴로 온 환자 이야기를 들어 보았습니다.

"계류유산이 되기 전에 혈액검사를 받았어요. 철분이 부족해서 철분제를 처방받았어요. 철분이 부족해선지 어지럽고 빈혈도 좀 있어요. 비타민디 부족이라는 진단도 받았습니다. 그래서 유산이 되었나 싶기도 해요. 제가 몸이 약해서 말이에요."

"환자분 때문에 유산한 것 같으세요?"

"제가 워낙 약하다 보니 그런 생각이 드네요."

"슬프고 우울하겠지만 빨리 잊어버려야 해요. 우울한 마음이 오래가면 큰아이에게 그 감정이 전달될 수 있어요."

"사실 큰아이와 집안일 때문에 슬플 겨를도 없네요."

"그래요, 슬플 겨를 없는 게 더 좋을지도 몰라요. 대신 비타민디가 부족하다고 하니까 햇볕을 많이 쬐세요. 한의학에서는 유산을 온전한 출산이 아닌 반쪽짜리 출산이라는 뜻으로 '반산'이라고 하거든요. 이를 위한 한약이 있어요. 어혈도 제거하면서 혈도 보강하는 약이에요. 빈혈 증상도 잡아 줄 수 있는 약으로 준비해 드릴게요."

그렇게 그 환자를 보내고 평소 주었으면 했던 탕약에 어혈 약을 넣어서 정성껏 달였습니다.

한 주 뒤 이번에는 남편과 함께 20대 후반쯤 돼 보이는 여자 환자가 계류유산으로 한의원에 왔습니다. 이 부부 또한 유산 뒤 회복약을 먹으려고 왔습니다. 우리 한의원에 처음 온 환자여서 상담할 때 물어볼 내용이 많았습니다. 남편이 같이 온 것을 보니 첫아이인가 보다 생각했습니다.

"첫 임신에 계류유산이 된 건가요?"

질문을 하자마자 아내 눈가에 눈물이 고였고, 남편이 그렇다고 대신 대답했습니다.

"더 울어도 됩니다. 첫아이니 마음이 아플 거예요. 더 이상 눈물이 안 나올 때까지 우세요."

제가 이렇게 말하는 순간 아내 눈에서 눈물이 뚝뚝 떨어졌습니다. 우는 아내를 보고 남편도 울컥합니다.

"첫아이가 계류유산이라 둘째도 그렇게 되면 어쩌지요?"

남편이 물었습니다.

"맥을 보니 건강한 편입니다. 그리고 아직 20대잖아요. 계류유산은 부모 원인보다 태아 원인이 더 커요. 첫 임신에서 생기는 경우가 흔하고요. 그리고 아직은 습관성 유산을 걱정할 시기는 아니에요. 두 분이서 충분히 마음을 추스리고 다음 아이를 기다리세요."

첫아이냐 둘째 아이냐에 따라 유산한 산모를 대하는 게 달라집니다. 첫아이를 유산했을 경우에는 더 많은 위로가 필요합니다. 첫아이 임신에 기대가 큰 만큼 그 상실감도 크니까요. 둘째를 잃었다고 상실감이 없는 것은 아니지만 큰아이도 돌보아야 하니 슬픔에

젖어 있을 시간이 없습니다.

두 환자는 유산 뒤 탕약을 먹으러 왔고 산후조리처럼 집에서 푹 쉬려 한다고 해서 더 이상의 군소리 없이 위로만 했습니다.

하지만 3년 전쯤 저를 잔소리꾼으로 만든 환자가 있었습니다. 30대 직장인으로 자연유산을 했다며 약을 지으러 왔습니다. 적어도 사흘 넘게 쉬라고 말했지만 회사 일이 많고 눈치가 보여서 그럴 수가 없다고 했습니다. 첫 임신이어서 충격이 컸는지 손을 떨었고 목소리도 차분하지 못했습니다. 결혼한 지 3년 만에 한 임신이었다며 눈물을 흘렸습니다.

저는 그때부터 진지하게 설득하기 시작했습니다. 밖에서 상담이 끝나기를 기다리던 남편도 들어오라고 해서 겁을 주기 시작했습니다. '유산이 반복될 수 있다, 습관성 유산 끝에 불임이 될 가능성도 크다, 반산 뒤 제대로 조리하는 게 얼마나 중요한지 아느냐?' 설득을 하려고 과장을 좀 하긴 했지만 의학적 근거가 전혀 없는 말은 아니었습니다. 아이를 정말 원했던지 부부는 제 이야기에 눈빛이 흔들렸습니다. 무조건 쉬겠다는 약속을 받아 내고서야 제 설득은 끝이 났습니다.

밤을 주우러 가 본 적이 있나요? 잘 익은 밤송이는 껍질이 스스로 벌어져 발로 살짝만 눌러 주면 껍질과 밤알이 바로 분리되어 손으로 밤알만 주우면 됩니다. 그러나 덜 여문 송이에서 밤을 얻으려면 억지로 껍질을 벗겨 내야 하고 억지로 힘을 쓰다 보니 가시에 찔리기도 하고, 열매를 얻어도 상했거나, 알이 차지 않은 밤을 얻게 됩니다.

이 이야기는《동의보감》의 잡병편 10권 '부인 – 반산'편에 나옵니다.《동의보감》에서는 온전한 '출산'을 잘 익은 밤에 비유하고 '반산'을 덜 여문 밤송이에 비유합니다. 덜 익은 밤송이에서 밤을 얻겠다고 억지로 다루다 보면 손상을 입게 되는 것처럼, 반산은 자궁이 손상되고 탯줄이 억지로 끊어진 뒤에 태아가 떨어져 나오는 것입니다. 또한 '반산은 온전히 출산하는 것의 열 배의 조리 치료를 해야 한다'는 글도 있습니다.

한의학에서는 정상적인 출산보다 유산 뒤 조리에 훨씬 더 신경을 써야 한다고 강조합니다. 온전한 출산 뒤에도 조리를 잘못하면 산후풍으로 심하게 고생하는데 반산은 오죽할까요. 반산으로 오는 환자에게는 산후 몸조리하듯이 쉬면서 몸을 따뜻하게 하고 찬 음식을 먹지 말라고 합니다. 여름에는 에어컨을 피하고 겨울일 때는 외출을 삼가라고 합니다. 치료로는 보혈 효과가 뛰어난 당귀와 천궁이 든 탕약을 처방합니다. 반산에 체질을 고려한 탕약 처방법은 한의학 책에 많이 있습니다. 정해진 치료법은 있는 것이지요.

하지만 정해진 상담 기법은 없습니다. 때로는 제 경험에서 느낀 대로, 때로는 환자의 이야기를 들은 경험으로 상담을 합니다. 아이를 잃은 산모들이 슬퍼하지 않고 행복하기를 바라는 제 마음이 담긴 말이랍니다.

몸무게,
마음 무게

동네 한의원 원장이라는 자리가 익숙해질 무렵 둘째 아이를 임신했습니다. 한의사와 한의원 원장은 같은 말이 아닙니다. 한의사는 환자만 생각하면 되지만 한의원 원장은 병원 운영도 생각해야 하거든요. 그래서 11월에 출산하고 이듬해 3월부터 다시 한의원에 나갔습니다. 산후보약을 잘 챙겨 먹어 몸이 회복되었다고 믿었습니다.

막달에 큰 배를 보았던 환자들이 "원장님 부기가 많이 빠졌다"며 출산 축하인사를 해 주었습니다. 사실 배와 골반은 예전 옷이 들어가지 않는 상태였습니다. 임부복으로 입던 바지를 입고 의사 가운으로 배와 골반을 가리고 진료를 했습니다. 첫째 때와 달리 더디 회복되는 몸이 나이 탓이려니 했습니다.

6개월쯤 지났을 때 예전에 입던 옷을 꺼내 입어 보다가 아직도 골반이 줄어들지 않았다는 걸 알았습니다. 의학적으로 따져 6개월이면 골반이 아이 낳기 전으로 돌아가야 하는 시간입니다. 그렇다면 이건 골반 탓이 아니라 살 탓입니다. 첫째 때는 이러지 않았습니다. 옷장에서 품이 좀 넉넉한 옷을 찾으며 살을 탓하고 나이를 탓했습니다.

투덜거리는 저를 보며 남편이 말합니다.

"결혼 전에 입던 옷을 어찌 다시 입으려고. 그냥 새 옷 사 입어."

"새로 사더라도 살 빼고 살 거야."

"그러다 계속 못 산다."

부부싸움을 할 수 있는 꼬투리로 쓸까 하다가 출산 때문에 붙은 살도 내 몸으로 인정하고 살기로 했습니다.

"원장님, 언제쯤 원래 몸으로 돌아갈 수 있을까요?"

출산 뒤 살이 빠지지 않는 환자들이 자주 하는 질문입니다.

"원래 몸이라면 언제인가요? 저도 20대 초반에 24인치 바지를 입은 적도 있지만 이젠 지금 몸으로 살아가려고요. 생의 시기마다 필요한 몸이 있거든요."

이 정도 이야기는 정말 친한 환자에게만 할 수 있습니다.

"우리 그냥 날씬한 몸 말고 건강한 몸으로 삽시다."

저는 체질상 날씬한 몸도 아니고 출산을 두 번 겪고 몸무게가 10킬로그램까지 늘었다 줄었다 해 보았습니다. 그러고 나니 체중에 대한 고민만큼은 '같이' 해야만 한다고 생각하게 됐습니다. 잘 빠지지 않는 몸무게가 야속한 걸 경험해 본 사람만이 함께 고민할 자격이 있지 않을까요?

몸무게가 80킬로그램인 30대 후반 환자가 비만 탕약을 처방해 달라고 한의원에 왔습니다. 결혼 뒤 급격히 살이 쪘고, 땀을 많이 흘리고 운동은 조금만 해도 숨이 차서 할 수가 없다고 합니다. 그래서 약의 힘을 빌려 10킬로그램만 뺐으면 좋겠다고 했습니다. 그런 다음에는 운동으로 빼겠다고요.

맥을 보기도 전에 제 안에선 이 환자에게 비만 탕약을 주지 않겠다고 생각했습니다. 맥을 보지 않아도 탕약을 먹을 수 없을 만큼 허약한 분이라는 게 눈에 보였거든요. 몸무게가 많이 나간다고 건강하고 튼튼한 것은 아닙니다.

아니나 다를까 맥을 짚어 보니 약간의 부정맥 기운이 있습니다. 부정맥이란 심장박동이 규칙적으로 일어나지 않고 빠르기도 하고 느려지기도 하는 현상입니다.

"심전도검사해 본 적 있으신가요?"

"3년 전, 살찌기 전에 한 적 있어요."

"요즘 들어 숨이 많이 차는가요?"

"네, 살이 쪄서 숨도 차는 게 아닐까요? 살이 찌니 심장도 쿵쾅거려요. 생리주기도 왔다 갔다 하고요. 살 빼면 좋아질 거라고 생각해요. 살 잘 빠지는 탕약으로 부탁드릴게요."

"몸무게가 늘어서 생긴 증상일 수도 있지만 몸이 약하거나 어떤 병 때문에 그럴 수도 있습니다. 특히 생리주기는 여성 건강의 척도예요. 건강검진을 받고 오셔야 제가 약을 드릴 수 있을 것 같네요."

이렇게 이야기했지만 차트에 '살 빼는 탕약 먹기에 너무 허약한 분, 생리불순, 다음에는 보약' 이렇게 적어 두었습니다. 한 달 뒤 건강검진 결과를 가지고 온 환자분은 부정맥약을 처방받았다고 했습니다. 그리고 한동안은 커피도 마시지 말고, 특히 살 빼는 약은 심장에 무리가 될 수 있으니 탕약이든 양약이든 더욱더 먹으면 안 된다고 했답니다.

이 말을 듣고 저도 지난번 차트에 써 둔 글을 보여 주며 환자분은 비만 탕약을 먹을 수 없는 분이라고 말했습니다. '보약'이란 말을 듣더니 깜짝 놀랍니다. '보약은 살찐다'는 선입견 때문에 꿈에도 보약을 먹어야 한다고 생각해 본 적이 없었다고 합니다.

"보약은 아니더라도 생리불순은 치료하는 게 좋아요."

"결혼하고 살이 쪄서 입을 옷이 없어 남편 옷이나 늘어난 옷을 입고 지냈어요. 임신을 해야 하는데 결혼 뒤 생리주기가 더 왔다 갔다 해서 걱정이긴 했어요. 그런데 생리주기 좋아지는 한약 먹고 살이 더 찌면 어떡하지요?"

이 환자분에게 《청강의감》이라는 책을 보여 드렸습니다. 조선왕조 마지막 전의였던 청강 김영훈 선생의 진료부와 비망 기록으로 만들어진 《청강의감》의 불임증편 조경종옥탕을 보면 '가감법'이 있습니다. 가감법이란 탕약 처방에서 환자 개인의 특성에 따라 어떤 약재는 더하고 어떤 약재는 빼야 하는 것을 일러둔 부분입니다. 같은 진단을 받아도 환자마다 쓰는 약재가 다르고, 같은 환자라도 약을 먹을 때마다 증상을 참고해서 필요한 약재를 더 넣거나 빼는 방법으로 체질에 맞게 탕약을 짓는 방법입니다.

"여기 좀 보세요. '살이 찐 습과 담이 많은 부인은 창출과 반하를 더해 주어라', '마르고 화 기운이 있는 부인은 계피와 말린 생강을 제거하고 황금과 황련을 넣어 주어라'라고 써 있어요. 이렇듯 한약은 살이 쪘든 말랐든 약재 조절을 해서 환자를 돌보도록 되어 있습니다. 한의학은 살을 빼서 몸무게를 줄이는 게 아니라 건강한 몸을 위해 마른 이에게도 비만인 이에게도 필요한 처방을 모두 만들어 두었답니다."

"부정맥약 먹으면 살이 빠지기도 한다던데, 원장님은 어떻게 생각하세요?"

"지금은 살을 빼야 한다는 생각을 버리세요. 부정맥 치료로 심장 두근거림이 줄겠구나, 생리주기를 맞춰 나가야지 하는 생각으로 지내다 보면 몸이 건강해질 거예요. 그런 다음 내 몸에 필요 없는 살이었다면 줄어들 것이고 내 몸에 남아 있어야 하는 살이라면 그대로 유지가 될 겁니다. 건강한 살도 존재하거든요."

"그럼 왜 한의학에 비만 탕약이 있는 건가요?"

"한의원에서 지어 주는 비만 탕약은 '태음조위탕'이라는 처방을 기본으로 해요. 살이 잘 찌는 체질인 태음인은 몸에 '한습'이 잘 생기거든요. 태음조위탕은 차갑고 습한 기운을 제거해서 위장을 조절하는 처방이라 태음인 비만에도 쓰이는 것입니다. 그런데 태음인이 살이 쪄도 한습이 많이 생기지 않으면 건강한 거거든요. 한습으로 여러 가지 병증이 생긴 태음인이 태음조위탕을 먹어 건강을 되찾는 과정에서 살이 빠진 겁니다. 건강을 되찾는 게 목적이지 살 빼는 게 목적인 처방은 아닌데 현대에 와서 비만 해소 약이 되어 버렸어요. 환자분은 태음인도 아니고 습은

있지만 한습이 아니고 '마황'이라는 약재를 견딜 만큼 심장이
좋지도 않아요."

　생의 시기마다 어울리는 옷이 있어서 40대가 10대들이 입는 옷
을 입으면 어색하듯이 생의 시기마다 필요한 몸이 있다고 생각합
니다. 예전 몸으로 돌아가지 못한 아쉬움이 마음의 무게를 만들고
몸의 무게를 더욱 무겁게 하는 것 아닐까요?

명절증후군

"새해 복 많이 받아요, 원장님!"

어르신이 제 등을 토닥여 주었습니다. 새해인사란 어린 사람이 어르신에게 먼저 드려야 하는데, 어르신에게 먼저 인사를 받으니 고마운 마음이 더했습니다. "제가 먼저 새해 인사를 드렸어야 하는데, 올해는 더 아프지 말고 건강하세요" 하고 덕담을 나누었습니다. 이 어르신은 가끔 간호사들한테 간식도 사다 주고 아들과 며느리, 손주들까지 온 식구가 한의원 환자이기도 합니다. 며느리와 시어머니가 같은 병원에 환자로 오는 거지요.

이분들처럼 시어머니와 며느리가 정답게 한의원에 오는 집도 있지만 같은 동네에 살면서 서로 마주치는 것을 부담스러워하는 고부 사이도 있습니다. 어떤 분은 한의원 문을 열고 나지막한 목소리로 "저희 어머니 한의원에 오셨어요?" 하고 간호사에게 묻는답니다. 오셨다고 하면 "다음에 올게요" 하며 나갑니다. 이럴 때 간호사는 시어머니 환자분에게 어떤 말도 하지 않습니다. 간호사도 누군가의 며느리니까요. 때때로 한의원이 부부싸움의 장이 되거나 사춘기 자녀와 부모 사이 기 싸움 장소가 될 때가 있기에 조용히 지나가는 이런 문제는 차라리 다행입니다.

명절을 앞두고 여자 환자가 한의원에 왔습니다. 명절 준비하려고 장을 보다가 교통사고가 났는데 자기 실수로 사고가 난 것이라 남편한테는 비밀로 해 달라고 했습니다. 그런데 허리가 너무 아프다며 내일 시댁에 못 갈 것 같다고 하는 겁니다.

"이런 허리로 차 오래 타면 안 되겠지요?"

제 눈치를 보며 말을 덧붙입니다.

"차는 타고 내려갈 수 있지만 음식 하려면 계속 허리를 써야 하는데 불가능하겠지요?"

"그래도 명절인데 다녀오는 게 좋지 않을까요?"

저는 눈치도 없이 말했습니다. 치료받고 가는 환자분 뒷모습이 우울해 보였습니다.

그런데 조금 이따 한의원으로 환자분 남편이 전화를 걸어 왔습니다. 대뜸 저를 바꾸라고 했다는데 간호사는 남편도 치료받으러 자주 오는 분이라 전화 연결을 해 주었습니다.

"아내가 왔다 갔지요? 허리 아프니 원장님이 차 타면 안 된다고 하셨어요? 이 사람 허리가 갑자기 왜 아픈 건가요?"

따지듯이 묻는 남편분에게 사고 때문이라고도 할 수 없고, 난감해하다가 "제가 두 분 모두를 알고는 있지만 전화로는 다른 환자 상태를 말씀드리기가 좀 그래요. 죄송합니다" 하고 얼버무렸습니다. 한참을 지나 알게 된 사실은 교통사고는 처음부터 없었고, 시댁에 가고 싶지 않은 환자분이 남편을 설득시킬 방법으로 허리 통증을 핑계로 댔답니다.

평소 성격이 소탈하고 운동도 자주 하는 또 다른 환자는 명절만 다가오면 신경이 날카로워지고 몸이 아프며 남편에 대한 화도 늘어납니다.

"지네 집에 가는 차를 지가 운전해서 가는데 왜 지네 집만 가면 허리 아프다고 드러눕냐고, 나는 부엌에서 허리 끊어지도록 일하는데. 그러고는 친정 갈 시간이 되어도 꼼짝도 안 한다니까."

환자분이 한 불평 속 말들에 의미가 담겨 있어, 낱말 낱말 곰곰이 곱씹어 보고 싶어집니다. 훌륭한 명언도 새겨 둘 말이 많지만 속되어 보이는 생활언어도 마음에 울림을 줄 때가 있으니까요.

'지네 집.'

그렇습니다. 본디 남편 집입니다. 내가 그저 같이 사는 남자의 집이라면 '지네 집'인 것이고, 많이 사랑하는 남편이라면 사랑하는 '남편 집'이 됩니다.

'지가 운전해서 가는데.'

식구들이 같이 움직일 때에는 남자들이 운전을 많이 하지요. 명절 운전은 길도 많이 막히니 지름길을 찾아 시간을 줄이려는 노력도 하고, 사고가 나지 않도록 신경 써야 하니 보통 때보다 더 피로할 것입니다. '도착지'에 목적을 둔다면 '지네 집'에 가는 사람이 운전하는 게 당연하지만, 차에 탄 식구들 안전과 막히지 않는 길

을 찾으려는 노력을 생각해 보면 운전하는 사람도 마냥 편하지만
은 않을 것입니다.

'지네 집에 가면 허리 아프다고 드러눕고.'

운전을 오래 해서 생긴 허리 통증이라면 눕는 게 좋은 치료법입
니다. 그러나 '지네 집'이기 때문에 배우자에 대한 배려 없이 그저
장가가기 전 시절로 돌아가 제 어머니 돌봄을 받고자 허리 핑계로
누운 거라면 그것은 '드러눕다'는 표현이 맞습니다.

'나는 부엌에서 허리가 끊어지도록 일하는데.'

부엌일은 끝이 없습니다. 삼시 세끼 준비와 설거지가 하루 종일
되풀이되니까요. 그나마 내가 익숙하고 내 마음대로 일할 수 있는
내 집 부엌이라면 힘들어도 좀 참을 만합니다. 그러나 부엌 배치나
물건 배열도 익숙하지 않고 내 주도로 이루어지는 음식 조리가 아
니라 누군가를 돕거나 지시로 이루어지는 부엌살림은 평소 멀쩡한
허리도 끊어지는 통증을 만들 수 있습니다. 하지만 힘들게 부엌일
을 하더라도, 사랑하는 사람이 옆에서 설거지도 하고 일 시키는 사
람도 따뜻한 시선으로 봐 준다면 허리 통증도 조금은 참을 수 있을
것입니다.

'명절증후군'으로 오는 허리 통증, 소화불량, 설사는 약이나 침으
로 쉽게 치료할 수 있습니다. 하지만 명절이 준 마음의 상처는 명절
때마다 다시 싹이 돋아납니다. 먼저 상처의 씨앗을 뿌리지 않도록
노력해야 하지만 이미 뿌려졌다면 마구 솟아나는 싹을 부부가 함께
뽑아야겠지요. 남편만 뽑거나, 아내만 뽑아서는 해결되지 않습니다.

한의원에는 명절을 앞두고 미리미리 치료받으러 오는 어르신들

이 있습니다.

"내일은 장에 가서 이것저것 사야 해서 한의원에 못 오니 오늘
치료 잘해 주세요."

이처럼 어느 70대 환자분은 자녀들이 와서 일을 하지만 그래도
자기가 할 일도 있으니 허리며 어깨며 미리 치료를 받고 갑니다.
그런데 그 목소리에서 힘이 느껴집니다. 명절 준비에 몸은 고되어
도 무료한 일상을 사는 그 환자분에게는 자녀들이 오는 명절이 신
나는 일일 것입니다.

명절증후군 하면 고부 갈등이나 친척 사이 불화로 생기는 화병
만을 주로 다룹니다. 하지만 명절 앞뒤 스트레스로 발생하는 모든
정신적, 육체적 증상이 명절증후군입니다. 심한 부담감과 피로감
으로 생기는 병입니다.

많은 식구가 먹을 음식 준비하면서 생기는 가사 부담, 장거리
운전의 피로감, 거기에 긴 연휴로 인해 깨지는 생활리듬도 포함될
수 있지요. 꾀병처럼 느껴지지만 극심한 스트레스는 몸을 아프게
합니다. 또한 불편한 마음으로 음식을 먹다 탈이 나거나 기름진
음식 때문에 설사를 하기도 합니다. 부엌일로 허리가 아프거나 오
랜 운전으로 목이나 허리가 불편해서 오는 환자도 많습니다. 그런
데 반대로 명절을 보내느라 몸은 힘들지만 마음은 가볍고 큰일을
잘 넘긴 것 같아 행복해하는 어르신들도 있습니다.

우리 마음을 조금만 편하게 먹어 볼까요? 몸은 조금만 고된, 마
음은 푸짐하게 편한 명절이 되도록 노력해 보자고 말씀드리고 싶
습니다.

한약과 술

"한약 먹으면서 술 먹으면 안 되죠?"

한약 먹을 때만이라도 술을 먹지 않았으면 하는 마음으로 보호자들이 많이 묻는 말입니다. 일주일에 두 번, 맥주 한 캔이나 소주반 병을 마시는 건 건강을 해칠 정도는 아닙니다. 노년에는 하루한 잔의 술이 혈액순환을 돕는다는 의견도 있으니까요. 그리고 술의 힘을 빌려 푹 잘 수 있고, 개운한 아침을 맞이한다면 그리 나쁜음주 습관도 아닙니다.

하지만 한 잔이 두 잔 되고, 두 잔이 세 잔 되어 습관적으로 마시게 될까 봐 걱정을 많이 하지요. 직장을 다니며 술 마시는 게 습관이 되면 대개 음주운전으로도 이어지니 집에서 기다리는 식구들에겐 여간 걱정거리가 아닙니다.

무조건 술을 마시지 않는 건 불가능한 일입니다. 술은 적당하게쓰면 숙면을 도와주는 약으로도, 모세혈관 확장으로 혈액순환을도와주는 약도 될 수 있습니다.

탕약 가운데 술과 물을 반반 넣어 달이는 약도 있습니다. '주수상반'이라고 하며 이때 쓰는 술은 증류주인 청주입니다.

그러나 술은 과하게 쓰면 독이 됩니다. 과하다의 기준은 어느 정도일까요?《동의보감》잡병편 4권 '내상 – 음주금기'편에는 '술은 세 잔을 넘으면 안 된다'고 나와 있지만 수량으로 정하기보다는 개인 차이에 따라 다르다고 봐야 합니다. 소주 한 잔에도 다음 날 숙취로 머리가 아픈 사람에게는 한 잔도 독입니다.

또 한 사람이 술을 마시고 여러 식구들을 괴롭힌다면 아무리 적은 양이라도 독일 것입니다. 식구들 모두가 기분 좋게 마시는 양이면 독이 아니겠지요.

《동의보감》에는 술로 인한 병을 치료하는 약과 술을 마셔도 취하지 않게 하는 약이 있습니다. 안 취하면서 많이 마시고 싶어 하는 사람이 어느 시대에나 많았나 봅니다. 여러 탕약 이름이 나오는데 재미있는 탕약 이름이 있습니다. 만 잔을 마셔도 취하지 않는다는 '만배불취단', 신선도 취하지 않게 한다는 '신선불취단'입니다. 하지만 신선이라도 만 잔을 마시면 취하지 않을까요.

한약을 먹을 때 먹지 말아야 하는 음식이 있습니다. 보통 '녹두, 밀가루, 무'입니다. 성인들에게는 '술'이라고 한 글자 더 써서 보냅니다. 술로 괴롭힌 간을 약으로 또 괴롭히지는 않아야 하겠습니다.

포시럽게

대학병원 간호사가 둘째 아이를 낳고 산후 보약을 먹으러 왔습니다. 종합병원 간호사의 삼교대 근무는 체력이 필요한 일이어서 복직을 앞두고 한 번 더 약을 지으러 왔습니다.

"첫째 출산 뒤와 둘째 출산 뒤가 너무 달라서 힘들었는데 원장님 약 덕분에 회복이 잘 되었어요. 다음 주에 복직이라 약 한 번 더 부탁드려요."

"저도 둘째 때가 더 힘들었어요. 첫째 때도 같은 약을 먹었는데 둘째 때가 몸이 더 안 좋아서인지 효과를 더 보았어요. 복직이 너무 빠른 거 아닌가요? 아이는 누가 봐 주시나요?"

"친정어머니가 가까운 데 사세요."

저도 아이 둘을 친정어머니한테 부탁드리고 있는 처지라 환자분 몸 상태도 걱정이었지만 어린 두 아이를 돌볼 환자분 어머니가 더 걱정되었습니다. 며칠 뒤 환자분이 어머니와 같이 한의원에 왔습니다.

"둘째가 태어나서인지 첫째가 업어 달라고 얼마나 보채는지 몰라요. 하루 종일 업고 부엌일을 했더니 허리가 아프네요."

환자분 어머니가 말했습니다.

'아! 이 말은 우리 엄마가 나한테 했던 말인데.'

5년 만에 그 말을 환자에게 듣게 되었습니다. 제 어머니가 그 말을 했을 때는 살갑게 받아 주지 못했는데 환자에게 같은 이야기를 들으니 만 가지 생각이 떠올랐습니다.

"저도 출근하고 나면 아이들을 친정어머니가 봐 주시거든요. 그래서인지 따님 일 편안하게 하라고 아이 봐 주는 어르신들이 아파서 오면 제 마음이 더 아파요."

그렇게 처지가 비슷해서 친해지게 된 환자 집안이었습니다. 그 뒤로 간호사분은 셋째까지 낳았고, 또 산후 보약을 먹었고, 복직도 했습니다. 친정어머니는 손주 셋을 감당하기 힘드셨는지 더 자주 한의원에 왔습니다. 어느 날 따님이 한의원에 와서 더 이상 직장에 못 나갈 것 같다고 합니다. 아이 돌봐 주느라 지쳐 가는 어머니 때문에요.

"저도 비슷한 마음일 때가 많았어요. 그래서 목요일은 오전 진료만 하고 그날만큼은 어머니를 육아에서 해방시켜 드려요."

"저는 아이가 셋이라, 남편이 많이 도와주는데도 힘드네요."

환자분은 병원을 그만두고 아이들을 키웠고, 친정어머니는 가끔씩 한의원에 왔지만 육아 때문에 생긴 통증은 아니었습니다. 그렇게 두 해가 지났습니다.

"원장님! 나 왜 이러는지 맥 좀 봐 줘요. 가슴이 막 뛰고 열이 오르고 어깨도 아프고 이상해. 갱년기 지난 지가 십 년도 넘었는데 갱년기 증상 같아요."

"요즘 특별히 먹는 약이 있으세요? 커피를 많이 마셨다거나, 급격한 스트레스가 있었다거나요."

"원장님도 알잖어. 손주들 안 보고, 남편은 직장 잘 다니고, 내가 뭔 스트레스가 있겠어. 하는 일이 아무것도 없는데."

"그런데 맥을 보니 불안한 마음이 있는 것 같아요."

"어, 그냥 자려고 누우면 이런 게 사는 건가, 남편이 회사를 그만두면 어쩌나, 괜히 잘 있는 손주들이 아프면 어쩌나, 쓸데없는 생각이 많아. 그러고 보니 그런 생각을 하면 열이 더 오르면서 불안한 것 같기는 해."

이야기가 오가면서 마음속으로 '노인 우울증', '공황 증상'들을 떠올렸습니다.

"걱정 때문에 잠을 못 주무셨겠네요. 며칠이나 되셨어요?"

"한 일주일 넘었어요. 그런데 밤에 그렇게 못 자는데 낮에도 잠이 안 와요. 하는 일이 없으니 소파에 누워서 멍하니 있는데 잠이 안 와."

우울증이지만 이 말을 환자에게 잘 쓰지 않습니다. '우울증'이라고 말하는 순간, 환자는 자기한테 정신적 문제가 있다고 생각합니다. 하지만 '우울감'이라고 하면 정상적인 감정 중 하나인 우울한 마음을 많이 느끼는 상태라고 여깁니다. 그래서 '우울감', '불안감'이라는 말을 먼저 씁니다.

"우선 잠을 좀 주무셔야 할 텐데. 그리고 따님한테 병원 진료 예약을 좀 하라고 하세요. '뇌파검사'를 좀 했으면 좋겠는데, 따님이 간호사니 잘 알 거예요."

"큰 병원들이 예약하면 한참이잖아. 우선 먹을 약 좀 줘요."

"불안감이 많은 환자들이 먹는 탕약을 드릴게요. 잠도 좀 주무실 수 있는 약으로요."

그리고 이야기를 한참 들었습니다. 직업군인인 남편을 만나 부대가 옮겨 갈 때마다 아이 셋을 데리고 정신없이 옮겨 다니며 살았다고 합니다. 아이들이 다 크고 나니 시어머니, 시아버지 병수발을 들어야 했고, 시부모님이 돌아가시고 나니 손주들이 태어났다고 합니다.

"시부모님 병수발…… 몸은 힘들었어도 고마운 분들이었어. 우리 애들 다 크고 난 뒤에 아프기 시작했거든. 그리고 증손주 못 보고 돌아가셔서 아쉬웠겠지만, 내가 손주들 돌볼 시간을 주셨잖아."

시부모님 병수발을 이야기로만 들어도 힘든데 지나간 세월이어서인지, 워낙 긍정적인 분이어서인지 고맙고 아름다운 일로 기억합니다.

"내가 한창 손주들 볼 때는 몸은 아파도 이렇게 걱정이 많지 않았던 거 원장님도 알잖어. 내가 그때 한번씩 친구들 모임 나가면 거기 우울증 걸린 친구가 있었거든. 마음속으로 '너무 편해서 저런 병도 오나 보다' 했지. 그런데 그때 그 친구 증상이 나랑 비슷한 것 같어."

"어머니, 아직은 우울증이라는 말을 붙이기는 그렇구요. 우울감이라고만 생각하고 검사 날짜까지는 탕약 드시면서 좀 기다려 봐요."

'포시럽다'는 말이 있습니다. 소리 내 말하면 왠지 포근하고 편안한 느낌이지요. 하지만 고생을 안 해 봐서 불평불만이 많고 편하게만 살려고 하는 사치스러운 사람을 지청구하는 경상도 사투리입니다. 경상도가 고향인 우리 어머니 표현으로는 이렇게 됩니다.

"포시럽데이. 진짜 포시럽다."

어머니는 남편이 벌어다 주는 월급으로 집에서 살림만 살면서 이 불만 저 불만 늘어놓는 동네 아주머니들에게 이 말을 자주 했습니다. 그 말 속에는 어머니의 삶이 포시럽지 못한 데 대한 원망과 포시러운 삶을 살고 싶은 부러움이 섞여 있습니다. 그래서 딸이 포시럽게 살기를 바라셨습니다. 그런 까닭에 지금도 아이들을 봐 주고 집안 살림을 도와주시는지 모릅니다.

그런데 그런 포시러운 삶을 살아 보지 못한 분들이 어느 날 자기를 필요로 했던 자식과 부모를 떠나보내면 어찌 될까요? '빈 둥지 증후군'이라는 말로 정리되는 그런 날이 오면요.

《고통은 나눌 수 있는가》(엄기호 글, 나무연필)라는 책이 있습니다. 책 제목처럼 육체적이든 정신적이든 '고통'이라면, 누가 '곁'에 있어 함께하면 나눌 수도 있을 겁니다. 하지만 삶의 과정 속에 '곁'이 떠나가서 생기는 '외로움'은, 나눌 존재가 없으니 나눌 수도 없고 그만큼 더 견디기 힘듭니다.

뇌파검사 결과, 환자분은 스트레스 민감도가 높아 아주 예민한 상태라고 나왔습니다. 신경안정제 처방도 받아 왔구요. 결과가 나오던 날 따님과 같이 한의원에 왔습니다.

"내가 우울증이 맞았네. 내게도 이런 병이 오네."

"이제부터 친구들도 많이 만나고 손주들도 힘들지 않은 범위에서 자주 보고 하세요. 그래도 따님이 가까이 살아서 얼마나 좋아요. 멀리 사는 자식들 그리워하며 사는 분들도 많아요."

환자분께는 그렇게 위로했지만 여전히 포시러운 사람들이 가끔 부러운 우리 어머니한테는 제가 어떻게 해 드려야 할까요. 아이 돌보느라 힘들고 아프다고 할 때 조금 더 다정히 받아 줘야지 다짐하며, 어머니 덕분에 이렇게 글을 쓸 여유가 생겼다는 것을 독자 여러분께 말씀드립니다.

진정한 효도

"엄마가 먼저 버스에서 내리고 저도 내려야 하는데 제 발이 움직이지 않았어요. 그러더니 버스 문이 닫히고, 버스 밖에 있는 엄마가 잘 가라는 듯 웃으면서 손을 흔드는데 저는 무표정하게 있어요. 다리가 떨어지지 않아 아무것도 할 수 없었어요. 다음 정류장에서 내리자마자 엄마를 찾아 뛰기 시작했어요. 눈물로 앞이 안 보이고 '미안해, 미안해'를 수도 없이 되풀이하며 달렸어요. 그러다가 소리를 지르며 잠에서 깼는데 얼굴이 눈물범벅이었어요."

꿈 이야기를 하는 환자는 제게 꿈풀이를 부탁하지는 않았습니다. 어쩌다 꿈 이야기까지 나누게 되었을까요?

몇 해 전, 70대 여자 환자가 한의원에 왔습니다. 무릎이 조금 아파서 오는데 옷맵시도 좋고 말씀도 조용조용한 분이었습니다. 같이 온 보호자는 아들과 남편이 모두 한의원에 온 적 있는 30대 여자분이었습니다.

"친정어머니가 우리 집에 잠깐 오셨어요. 건강관리를 잘하는 분
이라 크게 아픈 덴 없지만 걸을 때 무릎이 무겁다고 하세요."

"병원 한두 곳 정도는 다닐 연세인데 건강하시네요."

그날은 무릎에 침 치료만 받고 갔습니다. 그런데 두 달 뒤 딸이
어머니가 치매인 것 같다며 다시 모시고 왔습니다.

"여기가 어디야? 나 집에 가고 싶어."

따님을 바라보며 환자분이 말했습니다.

"환자분, 오늘이 며칠이에요?"

손가락만 만지작거리며 말씀을 못 합니다. 지금 있는 곳이 어디
인지 날짜가 며칠인지 모르는 것은 치매 초기 증상 가운데 하나입
니다. 물건을 어디에 두었는지 깜박 잊어버리는 건망증과는 큰 차
이가 있습니다.

"원장님, 제가 어떻게 해야 할까요?"

"먼저 병원에 가서 검사를 받으세요. 그리고 상황을 봐서 장기
요양급여 수급 신청도 하시구요."

"검사를 하고 오는 길이에요. 결과는 나중에 나오구요. 제가 집
에서 모시면서 돌봐 드리려고 하거든요."

"아직 검사 결과가 나오지 않은 상황이라 확답은 못 드리지만,
치매는 짧은 시간에 해결되는 병이 아니에요. 그래서 길게 보고
보호자가 지치지 않는 환경을 만드는 게 좋아요. 꼭 요양원에
모시려고 장기요양급여를 받는 것은 아닙니다. 치매 환자 주간
보호센터도 있구요. 지금은 경황이 없을 테니 댁에서 보살펴 드

리고 결과 나오면 같이 이야기 나누어요."

해 주고 싶은 이야기가 아주 많았지만, 아직 겪지 않은 두려운 상황을 굳이 이야기해서 마음을 불편하게 하고 싶지 않았습니다.

한의원을 한자리에서 오래 하다 보면 어르신들이 나이 들어 가는 모습을 자연스럽게 보게 됩니다. 쌀 한 가마니는 거뜬히 들던 분이 파킨슨병이 와서 걸음걸이가 어색해져 오기도 하고, 참 총명하다고 느꼈던 분이 치료받다 옷에 대변을 보기도 합니다. 오전에 침 치료를 받고 간 분이 오후에 다시 와서 "오랜만에 왔지?" 하기도 합니다.

보호자가 같이 올 때면 힘들어하는 보호자 얼굴이 보입니다. 치매 환자가 치료받는 동안 대기실 소파에 쪼그리고 누워서 쉬는 보호자도 있습니다. 밤새 간호하느라 잠을 못 자서 말이지요.

치매 진단을 받은 어머니는 지금까지 한의원에 온 적이 없습니다. 따님 댁에서 지내며 주간보호센터에 열심히 다닌다는 이야기만 전해 들었습니다. 따님이 한의원에 올 때마다 제가 어머니 안부를 물었고 그때마다 따님을 칭찬했습니다.

"쉬운 일이 아닌데 잘하고 계시네요. 어머니는 여전히 깔끔하시지요?"

워낙 첫인상이 단정했던 분이라 치매더라도 깔끔하리라 여겼습니다.

"예, 하루에 한 번은 못 씻겨 드리지만 제가 이틀에 한 번은 목욕을 시켜 드려요. 목욕 봉사를 받아도 되는데 낯선 사람이 목욕시켜 주는 걸 너무 싫어하셔서요."

지난달, 보호자인 딸이 남편 손에 이끌려 환자로 왔습니다. 남편분이 보기에 날마다 피곤해하면서 잠을 못 자니 억지로 잠들려고 술을 마신다고 합니다. 소화도 안 되고 명치끝이 무겁고 밥도 잘 안 먹는답니다. 그날따라 환자의 얼굴은 창백했습니다. 집안 사정을 아는 저는 속으로 '드디어 올 것이 왔구나' 하는 생각을 했습니다.

"어머니가 치매 진단 받은 지 5년 되었지요? 정말 잘 버티신 거예요. 오랫동안 간호가 필요한 질병에는 환자보다 보호자의 건강관리가 더 중요하거든요. 잠 못 주무신 지 얼마나 되었어요?"

그때 환자가 꿈 이야기를 했습니다. 자기가 버스에서 어머니를 먼저 내리게 해서 어머니를 버렸기 때문에 꿈이지만 죄책감에 시달렸다고 합니다. 자기는 5년 동안 정말 최선을 다해서 어머니를 돌봐 드렸는데 어떻게 그런 꿈을 꾸었나 싶다고 합니다.

"요즘은 시어머니 때문에, 남편 때문에 화병에 걸려 오는 사람은 없는 반면 너무 열심히 살아서 오는 화병 환자가 있습니다. '번아웃 증후군'이라고도 하거든요. 의욕적이고 적극적으로 최선을 다하던 사람이 몸과 마음에 피로감을 느끼고 무기력해지는 현상이에요. 그러다가 또 열심히 하고 지치고를 되풀이하며 증상이 뚜렷해져요. 잠 못 자고 입맛이 없어지고요. 한의학에서는 신체적 번아웃 현상은 기가 허해졌다고 보고 보약을 처방하지만 정신적 번아웃 현상은 화병입니다. 마음먹은 대로 일이 풀리지 않고 지속적인 스트레스를 받지만 벗어날 수 없어서 다시 마음을 다잡지요."

"그러고 보니 아무것도 하기 싫고 그냥 멍해질 때가 많아요."

"이렇게 말씀드리면 마음이 언짢을지 몰라도, 환자분은 너무 효녀여서 화병이 생긴 겁니다. 어머니를 잘 모시고 싶은 마음이 아주 오래 계속되어서요. 제가 지켜봤을 때 환자분은 정말 잘 버틴 겁니다. 이제는 가끔 나쁜 딸이어도 되지 않을까요?"

가만히 이야기를 듣던 남편이 말을 돕습니다.

"아이들 데리고 여행을 한번 가려는데 장모님을 부탁드릴 데가 없어서 주간보호센터에서 하루 주무시게 했거든요. 그런데 그날 장모님이 '섬망' 증상이 심해졌어요. 아내는 자기가 어머니를 보호센터에 맡기고 가서 그런 것 같다고 자책을 하더군요. 그 뒤로 이 사람 증상이 더 심해진 것 같아요."

환자분 어머니는 참으로 행복한 사람입니다. 이렇게 돌봐 주는 딸이 있으니까요. 하지만 그 딸이 환자로 왔으니 저는 환자 치료가 먼저입니다.

"앞으로 십 년, 이십 년 이렇게 지내야 하는 일이잖아요. 그사이 아이들이 자라면서 엄마가 행복하지 않은 모습도 보게 될 거예요. 아이들 앞에서 티 나게 행동할 분이 아니라는 건 알지만 시간이 지나면 아이들도 알게 됩니다. 제가 화병 탕약에 보약 넣어서 잘 지어 드릴 터이니 드시면서 가끔은 여행도 가고 어머님을 보호센터에도 부탁드리는 나쁜 딸 하기로 합시다."

노나라 대부 맹무백이 공자에게 효가 무엇이냐고 물었습니다. 공자는 "부모는 자식이 병들까 걱정할 따름이네"라고 대답합니다. 공자님은 맹무백이 평소 건강관리를 안 했다고 생각하고 '그대의 건강 때문에 부모님이 근심할 수 있으니, 자기 건강을 지키는 일

이야말로 그대에게는 효라네'라는 뜻으로 한 말씀입니다.

  치매에 걸린 어머니를 모시면서 몸이 아픈 딸에게 진정한 효도는 자식이 아프지 않는 것이라고 이야기해 주고 싶습니다.

부부의 세계가
저물고

한동안 '부부의 세계'라는 드라마가 한창 인기였죠. 그 드라마를 보며 낭만적이기만 하던 제 부부관이 조금 흔들렸습니다. 그래서 '부부란 무엇인가'에 대해 이야기할까 합니다.

어느 날 한 어르신이 아흔이 다 된 아내의 손을 잡고 왔습니다.

"왜 날 괴롭혀. 아니 왜 자꾸 병원에를 와."

어머님 말투에는 짜증이 섞여 있습니다.

"가만있어 봐. 아프면 병원에 가야지."

아버님은 아이를 달래듯 다정한 말투입니다.

"내가 밥 안 해 줄까 봐 그래? 아니 왜 날 괴롭혀."

어머님과 상담을 하는데 어디가 아픈지 정확히 설명을 못 합니다. 잠을 못 자도록 다리가 아프다고만 하십니다.

"나이 들면 다 그렇지. 왜 날 괴롭혀."

같은 말을 벌써 세 번이나 하셨습니다. 그런데 같이 온 아버님은 어떤 설명도 하지 않습니다. 치료실에는 어머니만 들어가셨습니다. 침 치료를 하는데 여기가 어디냐고 묻습니다. 그제야 치매를 확인해야겠구나 싶었습니다. 대기실에서 기다리는 아버님께 어머니가 다른 질환이 있냐고 물어보았습니다.

"병원에서 치매라고 했는데 아내가 듣는 데서 이야기하면 화를 내요. 미리 말 못 해서 미안합니다."

치료실과 대기실 사이 거리가 어느 정도 있어서 어머님께는 들리지 않을 텐데도 치매라는 단어를 조심조심 이야기합니다. 좀 더 이야기를 나누고 싶었지만 다른 환자를 봐야 해서 치료실로 들어갔습니다.

"아니, 왜 날 괴롭혀. 아이고, 아야, 아야."

어머님 목소리가 치료실에 울려 퍼졌습니다.

"○○할머니 왔지?"

다른 환자분이 그 어머님 성함을 말씀하십니다.

"예, 아는 사이세요?"

"알다마다. △△댁! ○○네 왔네. 인사나 하고 가자고."

치료를 끝내고 나오던 다른 환자분들이 그 어머님을 찾아가 인사를 합니다.

"○○댁, 여기서 치료 잘 받어. 우리도 여기 다니니께."

"아니, 왜 날 괴롭혀. 왜 자꾸 병원에를 와."

다른 환자분은 대기실에서 아버님과 인사를 나눕니다.

"혼자 모시고 오셨어요? 힘들 텐데 식사는 어떻게 하세요?"

"반찬은 애들이 가져다줍니다. 식구들 모두 건강하시지요?"

모두들 이 동네가 신도시로 개발되기 전부터 살았던 분들입니다. 마을에서 앞집 뒷집 하며 살다가 다들 아파트로 집을 옮기는 바람에 서로 예전만큼 자주 보지는 못한다고 합니다.

어머님은 치료받는 동안 "아니, 날 왜 괴롭혀. 아이고, 아야, 아야" 하는데 그때마다 간호사도 가 보고 저도 가 봤습니다. 한번은 다른 환자분이 저희를 불러 "저 할머니 많이 아픈 것 같은데 어떻게 조치를 취해야 할 것 같아요" 할 정도였습니다. 환자를 돌보느라 몇 번 왔다 갔다 하는 것은 크게 힘든 일이 아닙니다. 하지만 다른 환자도 돌봐야 하니 고민이 되었습니다. 기다리는 아버님께 잠깐 이야기를 나누자고 했습니다.

"자꾸만 말을 해서 시끄럽지요. 다른 병원에서도 저래서 안 왔으면 하더라고. 여기도 몇 번 오고 안 올 거니까 원장님이 조금만 참아 줘요."

"그게 아니라 제가 아버님께 부탁드릴 일이 있어요. 저희가 돌봐 드리는 게 맞는데 어머님이 침대에서 떨어질 수도 있으니 치료받는 동안 아버님이 어머님 옆에 계시는 게 어떨까요?"

"그래도 괜찮겠어요? 나야 좋지만 좀 시끄러울 텐데요."

"환자분들이 어머님 상황 아니까 이해해 주실 거예요. 환자가 별로 없는 시간에 오면 어머님도 덜 불안해하실 거고요. 낯선 장소고 아버님도 옆에 안 계시니 불안해서 말씀이 많아지고 더 아프다고 하시는 거거든요."

다음 날부터 아버님도 치료실에 함께 들어왔습니다. 아흔 살 남편이 여든일곱 살 부인을 자리로 올라가게 하고, 바지를 내려 허리를 내놓고, 바지 자락을 걷어 올려 종아리가 보이게 한 뒤 눕힙니다. 저희가 가면 벌써 준비를 끝내 놓으셨습니다.

"왜 날 괴롭혀. 아니, 왜 자꾸 병원에를 와."

"가만있어요. 다리가 안 아파야 걷고 운동도 하지. 조용히 하고."
아버님 말씀이 조금은 단호합니다. 그래서인지, 아니면 남편 옆이라 마음이 안정돼서인지 어머님 말수가 줄어들었습니다.

"아니, 왜 날 괴롭혀. 아이고, 아야, 아야."

"가만있어요. 이제 얼마 안 남았어."

이렇게 되풀이되는 대화도 한의원에 자주 오면서 점점 줄어들었습니다. 어머님만 바라보던 제 눈길이 아버님께 향한 건 한참이 지나서였습니다.

"자주 오니까 아내는 조금씩 좋아지는데 제가 힘이 들어요."

"아버님, 요양보호사가 오지 않나요?"

"아니요, 신청을 안 했어요."

너무 놀랐습니다. 어머님의 치매 증상이면 무조건 요양등급을 받을 수 있습니다. 하루 세 시간만이라도 요양보호사에게 어머님을 맡기면 아버님이 쉴 시간도 생깁니다. 그런데 굳이 요양등급을 받지 않았다고 합니다. 까닭은 이러했습니다.

"그것도 돈이 드는데, 얼마 안 되지만 애들 부담이잖아요. 내 아내는 내가 책임져야지. 아직 내가 감당할 수 있어요."

아흔이라는 나이에는 아무리 건강하다 해도 자기 몸 건사하기에도 벅찹니다. 그런데 누군가를 더 감당해야 한다니…… 저는 그분 자녀들을 원망했습니다. 그런데 그 가족을 잘 아는 동네분이 이야기해 주었습니다.

"○○댁 자식들 잘살아. 그래서 파출부도 보내고 어디 요양원 좋은 곳도 알아 두고 했는데 할아버지가 안 받아들여. 동네 사람들이 가서 설득해도 아무 소용없더라고. 자식 불효자 만드는 일이라고 해도 꿈쩍도 안 해. 어찌 되었건 난 그 할머니가 부러워. 우리 영감은 내가 치매 걸리면 새 장가 갈 위인이여."

"저도 부럽네요."

"원장님은 치료만 잘해 줘. 그래도 여기는 받아 준다고 할아버지가 좋아하더라고."

안타깝게도 치매 환자의 통증은 쉽게 줄어들지 않습니다. 진짜 통증이 아닌 경우도 많고 아픈 증상이 나아져도 표현을 잘 못합니다. 뇌에서 혼란이 일어나 통증이 과장될 때도 많습니다. 솔직히 어머님을 낫게 할 자신이 없습니다. 하지만 아버님은 한의원에 오면서 희망이 보였겠죠. 아내가 조금씩 나아지고 있다, 치매의 늪으로 빠져들지 않게 손을 잡고 있다, 그렇게 생각하도록 열심히 돕는 게 제가 할 일입니다.

드라마 '부부의 세계'가 망친 제 부부관을 두 분을 보며 치유해 나가야겠습니다. 힘들지만 아름다운, 사랑보다 더 강한 책임감은 부부이기에 존재합니다.

혼인신고를 막는
조건들

병원 접수실 일은 반복적입니다. 건강보험 자격 조건을 전산으로 확인해야 하니 이름, 주민번호는 환자가 꼭 쓰게 하고 그밖에 주소, 전화번호는 쓰고 싶은 사람만 씁니다. 그 종이를 받아 들고 접수실 컴퓨터에 입력해 '수신자' 조회를 합니다. 건강보험료를 다 납부했는지, 아니면 의료급여라 하여 국가에서 전액 지원받는 환자인지 확인합니다. 국가에서 진료비 대부분을 지원하는 경우는 장애인이거나 생계가 어려운 분들입니다. 의료혜택을 받으면서 생계가 어렵다는 '낙인'을 받지 않도록 급여 환자의 개인정보를 다루는 데 조심합니다. 일종의 사생활보호입니다.

50대 남자분과 여자분이 손을 잡고 들어왔습니다. 상담을 하는데 서로를 다정히 바라보는 눈빛에서 혼인한 지 얼마 안 된 부부라는 느낌이 들었습니다.

"우리 집 아저씨(남자분을 부르는 애칭)는 허리가 맨날 아프다고 해요. 저는 어깨가 좀 뭉쳤고요."

침 치료를 받고 쉬는 동안 두 사람이 소곤거리는 대화에서 서로를 걱정하는 정이 묻어납니다. 치료 기록을 컴퓨터에 입력하려는데 두 사람의 주소가 다릅니다. 집 전화번호도 다릅니다. 이상하다, 참 다정한 사이인데 별거는 아닐 거고, 위장 이혼도 아닌 것 같고……. 불륜이라면 주소를 쓰는 게 의무는 아니니 굳이 쓰지 않아도 되는데 하는 여러 생각을 했습니다.

그 뒤에도 여러 번 치료를 받으러 왔고 이야기를 주고받다 여자분에게는 결혼한 딸이 있고 손주가 곧 태어난다는 걸 알게 되었습니다. 남자분 혼자 한의원에 온 날, 환자분이 제게 이렇게 물었습니다.

"원장님은 애기 태어났을 때 어떤 선물이 가장 좋았어요? 애기 선물을 사야 하나, 산모 선물을 사야 하나 고민이네요."

"애기 선물은 산모 취향에 딱 맞는 걸 사 주기가 쉽지 않아요."

"돈으로 주면 너무 성의 없다고 느끼겠지? 내가 자식이 있어 봤어야지. 허허."

재혼 가정인가 하는 생각이 머리를 스쳐 지나갔지만 주소지를 다르게 쓰는 의문은 해결되지 않았습니다. 두 분이 3년 동안 환자로 다닌 다음에야 모든 사정을 알게 되었습니다. 여자분은 시집간 딸이 있는데 이혼을 한 분이며 식당 운영을 하고, 남자분은 오십 넘어 한 첫 결혼이지만 사업 실패로 부채가 있고 생활보호대상자입니다. 하지만 운 좋게도 임대아파트에 입주할 수 있었습니다. 그 뒤에 여자분을 만났고, 서로 믿음이 생겨 혼인신고를 하지 않을

까닭이 없었답니다.

그런데 혼인신고를 막는 두 가지가 있었습니다. 임대아파트 입주 조건상 남자분이 법적으로 가족이 생기면 부양능력이 있는 사람이 생겼으니 입주 자격이 정지된다고 합니다. 또 남자분 채무를 여자분이 감당해야 하고요. 나머지 하나는 여자분 따님이 한 번씩 어머니를 찾아왔을 때 남자분이 같은 집에 있는 게 아직은 익숙하지 않은 까닭입니다. 그래서 집을 두 곳에 두고 연애 같은 부부 생활을 하고 있었습니다.

성인 남녀의 흔한 연애로 볼 수도 있지만 서로의 부족한 면을 채워 주는 가족 같은 모습을 보았습니다. 그날도 두 분이서 다정하게 왔는데 들어오자마자 급하게 상담이 필요하다고 합니다.

"원장님, 뇌출혈이 온 거 같아요. 우리 아저씨가 말투가 이상해요. 제가 응급실 가자니까 돈 많이 나온다고 원장님한테 먼저 간 다음 응급실 갈지 말지 결정하자고 해서 이리로 왔어요."

그런데 남자분 말소리를 듣고 발과 손동작을 검사해 보니 풍이 왔습니다.

"맞아요! 뇌출혈이나 경색이 얼마나 생겼는지는 뇌 사진을 찍어 봐야 알겠지만 풍이 온 게 맞아요. 지금 큰 병원으로 바로 가세요! 필요한 검사와 조치를 받고 후유증이 있으면 제가 침 치료해 드릴게요."

남자분은 작은 출혈로 순간적으로 말이 어둔해졌지만 약물치료를 잘해서 후유증이 크지는 않았습니다.

최근에는 코로나19로 여자분이 운영하는 식당에 손님이 줄었습니다. 그래서 시에 개인사업자 지원금을 신청하려고 하니 필요한 서류가 한두 가지가 아니었습니다. 남자분은 사업을 해 본 경험을 바탕으로 여자분의 서류작업을 도왔습니다. 서로에게 필요한 동반자. 두 분은 그런 관계였습니다.

하지만 법적으로는 남남입니다. 그래서 병원에서 작성하는 서류에 '환자와의 관계'를 가족이 아니라고 하니 응급실에 들어오지 못하게 해, 대기실에서 발만 동동 굴렀다고 합니다. 법적으로 남이니 시청에서는 서류 접수를 대신해 줄 수 없어서 같이 다니며 서류를 발급받고 제출했다고 합니다.

'생활동반자법'을 이야기한 책《외롭지 않을 권리》(황두영 글, 시사인북)를 읽었습니다. 혈연이나 혼인으로 맺은 가족관계는 아니지만 서로를 챙겨 주는 사이를 법적으로 인정해 서로의 보호자 역할을 할 수 있도록 하자는 내용이었습니다.

책을 보며 두 분에게 꼭 필요한 제도라고 생각했습니다. 남녀 간이 아니더라도 친한 친구끼리 노후를 보내기 위해 같이 살 때도, 자식이 없는 사람들끼리 생활공동체를 만들어 살 때도 서로의 법적 보호자가 될 수 있도록 말입니다. 오십이 넘어 만난 인연이 서로의 곁이 되며 오래도록 아름답게 지내기를 바랍니다. 병원에서도 인정받는 동반자로 말입니다.

선생님도
아프다

초등학생 딸이 물었습니다.

"엄마는 초등학교 때 꿈이 뭐였어?"

"초등학교 선생님."

"그럼 중학교 때는?"

"중학교 선생님."

"그럼 엄마는 꿈을 못 이룬 거네?"

그렇네요. 저는 꿈은 못 이루었습니다. 왜 꿈이 학교 선생님이었을까요? 초등학교 시절 가끔은 이상한 선생님이 담임 선생님일 때도 있었지만 선생님들 대부분은 쉽게 가까이할 수 없는 완벽함을 가진 분들이었습니다. 단정한 옷차림, 칠판에 또박또박 쓰는 글씨, 한 번도 틀리지 않던 산수 문제 풀이……. 어린아이 눈에는 선생님이 세상에서 가장 완벽한 사람이었습니다.

중학교 3학년 때 담임 선생님은 심지어 아이들에게 한 번도 반

말을 한 적이 없었습니다. 수업시간에 쓰는 존댓말은 수업에 품격을 더해 주었지요. 그러니 어른들에게 자주 칭찬받고 공부를 좋아했던 저는 선생님이 꿈이었습니다(칭찬받는 아이들일수록 칭찬을 더 받으려고 더욱 완벽해지려는 경향이 있습니다).

환자들 옷맵시나 말투, 병에 대한 태도로 가끔 환자의 직업을 가늠합니다. 선생님들이 다 그런 것은 아니지만 대부분 선생님들은 편안함과 단정함, 깨끗함을 추구하는 가벼운 옷차림을 합니다. 자기 병에 대해 질문할 때는 인터넷이나 책에서 찾아보고 구체적인 의학용어로 물어 옵니다.

그날도 초등학교 선생님처럼 보이는 분이 환자로 왔습니다. 제 기억에 가장 완벽한 선생님이었던 초등학교 4학년 담임 선생님과 비슷한 인상이었습니다.

"원장님, 저는 갱년기 상담차 왔습니다. 3년 전쯤부터 갱년기가 시작되었어요. 처음에는 두드러진 증상이 없었습니다. 갱년기를 쉽게 넘기려면 근력운동과 유산소운동을 꾸준히 해야 한다고 해서 일주일에 세 번 꼬박꼬박 필라테스를 합니다. 주말에는 등산도 다니구요. 그렇게 철저히 준비를 했는데도 한 번씩 열이 오르락내리락합니다."

"3년 전부터 준비를 했다면 쉽게 넘어갈 수 있을 겁니다. 다른 증상은 없으신가요?"

여기까지 이야기를 했을 때 그분한테서 하늘색 정사각형 같은 맑고 정확한 느낌을 받았습니다. 그런데 얼굴이 불콰해지며 눈에 눈물이 고입니다.

"사실은 제가 지난주부터 정신과 치료를 받고 있습니다. 감정 조절이 안 되어서요"

환자는 우울증 치료를 받고 있었습니다. 선생님이라는 직업을 밝히지 않은 채 계속 이야기를 했습니다.

"제가 어떤 일을 상대방한테 이야기하면 예전에는 제 의도대로 잘 이끌어졌거든요. 그런데 요즘은 자꾸 '왜 이런 거예요?'라는 질문을 받아요. 예전 같으면 찬찬히 다시 설명할 텐데 요즘은 '나를 무시하나?', '내가 우스워 보이나?' 이런 생각이 들고 금방 얼굴에 열이 오르면서 목소리가 떨려요. 그러면 그런 제 모습을 숨기려고 일부러 화를 냅니다. 소리를 지르면 상대방이 더 이상 묻지 않지만 저를 바라보는 눈빛이 이상해집니다. 그다음부터는 제가 그 사람과 눈만 마주쳐도 저를 그런 눈빛으로 보는 것 같아서 쳐다볼 수가 없습니다. 집에 돌아오면 한없이 우울해져요. 자기 전에 그 눈빛이 계속 떠올라서 며칠 잠을 못 잤습니다. 그래서 수면제도 받을 겸 정신과에 갔습니다."

"회사 일 스트레스로 잠이 안 와서 수면제 처방받는 분들이 많습니다. 중요한 회의나 발표를 앞두고 신경안정제를 먹는 분도 많구요. 상담받으면서 약 먹으면 차차 나아질 거예요."

"저는 정신과에 안 가려고 한의원에 왔어요. 이번에는 수면제 받으려고 어쩔 수 없이 갔지만 상담을 받아도 별 도움이 안 되고 제가 제 마음을 다스리면 될 것 같아요."

한의원에 오는 분들 가운데 정신과약, 항우울제나 수면제, 공황장애약 들을 끊으려고 오는 분이 많습니다. 그리고 자기가 자기

기분이나 감정을 다스릴 수 있다고, 약에 중독되고 싶지 않다고 오는 분도 많습니다. 정말 우리는 우리 기분을, 마음을 조절할 수 있을까요? 감정을 조절할 수 있는 완벽한 사람이 있을까요?

"환자분은 갱년기가 오기 전까지 마음먹은 대로 일이 풀리던가요? 마음먹은 대로 안 된 일은 없었나요? 모든 일이 완성도가 높아서 늘 칭찬을 받았나요?"

"좀 그런 편입니다. 이런 병으로 와서 부끄럽지만 저는 초등학교 교사입니다. 제가 맡았던 반이 늘 일등반은 아니지만 아이들을 잘 지도해서 우수반을 만든 적이 많았습니다. 학부모들과도 문제없이 지냈고 문제가 있던 아이들도 경험과 지혜로 잘 다독여 왔습니다. 그런데 올해는 유난히 힘듭니다."

'이런 병으로 와서 부끄럽지만'이라고 이야기하는 환자분에게 '완벽한 선생님은 없다'고, '모두 허점투성이 사람'이라고 말해 주고 싶었습니다. 조그마한 말실수에도 "학교 선생님이 어떻게 그럴 수 있어?"라는 말을 쉽게 합니다. 그런 말을 듣고 싶지 않아서 선생님들은 더욱 자기 행동을 단속하고 흐트러지지 않으려고 합니다. 그들은 완벽을 강요받습니다.

파트리크 쥐스킨트가 쓴 '깊이에의 강요'라는 단편이 있습니다. 평론가가 예술가에게 악의 없이 '아직 작품에 깊이가 없다'는 논평을 신문에 씁니다. 그 예술가는 그 뒤로 '왜 나는 깊이가 없을까' 고민합니다. 그러면서 자기 자신을 잃어 갑니다. 비슷하게 우리는 선생님들에게 완벽을 강요합니다. 그 기대만으로 그런 것은 아니겠지만 선생님들 스스로도 아이들 앞에서 완벽하고자 합니다.

정년을 몇 년 앞둔 다른 초등학교 선생님이 환자로 왔습니다. 청소 시간에 비질을 하면 손목이 아프다고 했습니다.

"30년 동안 교실 청소를 했는데 왜 올해 유난히 아플까요?"

"제가 학교 다닐 때는 학교 청소를 저희가 했는데, 초등학교 1학년 아이 반 어머니들이 교실 청소하러 간다고 해서 놀랐어요. 어머니들이 와서 청소하나요?"

"저는 못 오게 했어요. 교실이 넓지도 않아서 그냥 제가 해요."

그때 제 큰아이가 초등학교 1학년이어서 환자분께 요즘 학교에 대해 많이 물어보고 이야기하면서 친분이 쌓였습니다. 어느 날은 허리가 아팠고, 어느 날은 무릎이 아파서 왔습니다.

"올해까지만 하고 퇴임하려구요. 체력이 예전만 못 해요."

"퇴임 뒤 기간이 너무 길어요. 퇴임하면 더 빨리 늙고 더 많이 아프더라구요. 정년까지 채우는 게 좋지 않을까요?"

"아이들에게 미안해서요. 젊고 열정 넘치고 체력 좋은 선생님에게 배우면 더 활기차게 학교를 다니거든요. 무릎 아파서 줄곧 앉아서 수업하니까 아이들 집중력도 떨어지는 것 같아요."

조금 부족하지만 사람 냄새 나는 선생님, 가끔은 아프고 우울한 선생님, 많은 내용을 집중해서 알려 주지 못해도 천천히 설명해 주는 선생님은 교단에 서면 안 되는 걸까요? 자녀 앞에 완벽한 부모가 없듯, 학생 앞에 완벽한 선생님은 없습니다. 우리 모두는 불완전한 사람일 뿐입니다.

약국에서도 찾을 수 있는 한약, 우황청심원

우황청심원은 '중풍'이라고 불리는 '뇌졸중'의 응급약으로 쓰던 약입니다. 약재를 갈아서 환으로 복용하지만 약 흡수를 빠르게 하고 쉽게 마실 수 있도록 액상으로 나오기도 합니다.

한약이지만 제약회사에서 만들고, 한의원은 물론 약국에도 공급하는 약이지요. 그만큼 많이 알려진 약이고 효과도 좋습니다.

하지만 기절한 사람에게 먹이거나 마시게 하면 호흡기로 약이 들어가 감염이 일어나기도 합니다. 그래서 의식이 없는 응급 환자에게는 우황청심원보다 병원 응급실 치료를 더 권장합니다. 의식이 있다면 상비약으로 준비해 둔 우황청심원을 먹고 병원에 가는 것이 좋습니다.

《동의보감》에는 우황청심원이 '중풍 외에도 심기가 부족하고 신지가 안정되지 못하여 감정이 일정하지 않거나 전광으로 정신이 혼란한 것을 치료한다'고 쓰여 있습니다. 놀랐을 때 먹거나 마음을 진정시킬 필요가 있을 때 먹으라는 말입니다.

교통사고가 나서 심장이 두근거려 잠을 못 이루는 경우에 먹으면 좋습니다. 또한 면접이나 중요한 시험을 앞두고도 먹습니다. 진정 작용이 너무 강해서 시험을 치다가 잠이 드는 학생도 있다고 하니 미리 먹어 보는 것이, 중요한 시험에서 실수를 줄이는 방법입니다.

우황청심원에도 공진단처럼 사향이 들어갑니다. 우황, 감초, 산약 등 서른 가지 약재가 들어가지만 제약회사마다 조금씩 처방에 차이가 있습니다.

정식으로 부르는 이름은 '우황청심원'이지만 처방을 달리하여 약 이름을 다르게 부르기도 합니다.

제가 병원비를
안 내거든요

초등학교 5학년 남자아이가 보호자 없이 한의원에 왔습니다. 수줍어하며 말합니다.

"저 발목이 아파서요. 치료를 좀 받으라고 엄마가 그래서요."

상담을 할 때도 어딘가 모르게 기운이 없어 보이고 주눅 들어 보였습니다. 태권도를 배우다가 다쳐서 왔다고 합니다. 침 치료를 하면서 "태권도 무슨 띠야?" 하고 물으니, 빨간 띠라며 또 주눅 들어 있습니다.

"내일 한 번 더 꼭 와야 한다."

그날 치료는 그렇게 끝났습니다. 다음 날도 뭔가 미안한 표정입니다. 그래도 두 번째 얼굴 보는 날이니 말을 좀 걸어 보았습니다.

"병원 오는 것이 부끄러워? 아픈 사람은 병원 다니는 거야."

한참을 가만히 있다가 아이가 한마디합니다.

"제가 병원비를 안 내거든요. 그래서 죄송해서요."

우리나라 의료 체계는 진료비 가운데 본인이 30퍼센트에서 50퍼센트 부담하고 나머지는 국민건강 보험공단에서 지불하는 '의료보험'과, 전액을 공단에서 지불하는 '의료급여'가 있습니다. 의료급여 대상자는 대체로 저소득층이나 장애인입니다. 병원에서는 의료보험 환자나 의료급여 환자나 받는 진료비 총액은 같습니다. 보험 적용이 되지 않는 비급여 항목은 이와는 또 다른 체계입니다.

침 치료를 하면서 머릿속으로 아이를 주눅 들게 하지 않을 방법을 고민했습니다. 어찌해야 할까? 초등학교 5학년 아이에게 우리나라 보험 체계에 대한 이야기를 다 해야 할까?

치료가 끝난 뒤 아이를 다시 원장실로 불렀습니다.

"내일 한 번 더 와야 해. 그런데 그거 알아? 영국에서는 모든 병원이 공짜야. 심지어 대학교가 공짜인 나라도 있어. 그 나라 국민이면 나라에서 교육이나 의료를 책임지는 게 당연하다고 그 나라들은 생각하거든. 선생님은 네가 병원 오는 거 당연한 권리라고 생각해. 네가 학교 다니는 것처럼 말이야."

다음 날 아이는 태권도 학원에 같이 다니는 친구를 데리고 왔습니다. 똑같이 발목이 아팠습니다. 둘이 나란히 누워 침 치료를 받으며 초등학생답게 오락 얘기를 즐겁게 했습니다. 친구 때문인지 어제 제가 한 이야기 때문인지, 아이 얼굴에 주눅 든 기색은 없어 보였습니다.

치료를 다 받고 나가는데 곤란한 일이 생겼습니다. 계속 오던 환자 아이와 달리 따라온 친구는 의료보험 환자입니다. 그래서 진료비를 받아야 했습니다. 진료비가 얼마라고 말하는 순간, 따라온 친구 아이가 말합니다.

"그런데 왜 저만 돈 내요? 제 친구는 왜 안 내요?"

수납 창구에 있는 간호사가 제게 급히 달려왔습니다. 며칠 전부터 있었던 일들을 알고 있기에 더 당황한 모습입니다.

"친구는 다닌 지가 조금 되어서 부모님이 미리 돈을 다 주고 가셨어. 그래서 안 받는 거야."

"저도 저희 부모님께 받으세요. 제가 엄마한테 이야기할게요."

"어, 그래. 잘 가!"

그렇게 두 아이는 한의원을 나갔습니다.

어린아이들만큼은 초등학교가 무상 의무교육이듯 의료도 무상 진료를 받을 수 있었으면 하고 생각한 하루였습니다.

코로나19를 대하는
우리의 자세

코로나19 확진자가 거짓말처럼 하루 열 명 이하로 나오던 날이었습니다. 한의원이 다시 예전처럼 사람들로 북적였습니다. 달라진 게 있다면 모두 마스크를 쓰고, 말하지 않아도 손 소독을 한다는 것입니다. 코로나19가 가져온 환자들의 변화를 말해 볼까 합니다.

아이들이 방학만 하면 병원에 오던 환자가 있습니다. 방학 내내 아이 셋과 스물네 시간을 보내는 게 너무 힘들어 혼자만의 시간을 가지려고 한의원으로 도망 오던 분이었습니다. 그분이 코로나19가 퍼진 뒤로 한의원에 한 번도 오지 않다가 오랜만에 왔습니다.

"애들이랑 어찌 지내셨어요. 한 번씩 나오지 그러셨어요."

"한창 코로나19가 심하게 퍼질 때는 정말 한의원으로 도망 오고 싶었거든요. 그런데 내가 밖에 다니다가 아이들이 걸리기라도 하면 어쩌나 하는 생각에 억지로 참았어요."

"그렇지요. 애들 걱정 때문에 부모들이 더 조심하죠."

"그런데 방학마다 자기들끼리 싸우고 저랑도 싸우던 아이들이 아무 데도 못 나가고 집에만 있으니 서로 이해하고 양보하고 그러더라고요. 학원도 안 가고 공부도 안 하니 스트레스가 없어서 그런가 싶기도 해요. 큰애는 지난주에 설거지도 했어요."

하루 종일 엄마와 같이 있다 보니 엄마가 빨래는 어떻게 하고 청소와 설거지는 어찌하는지 아이들 눈으로 보게 됩니다. 그런 날이 이어지니 엄마를 도와주고 싶은 생각이 절로 들었나 봅니다. 환자분에게는 골칫덩이 아이 셋이 의젓한 집안 기둥이 된 시기였습니다.

또 한 분은 직장에서 기획영업 일을 하는데 실적이 좋아 승진도 하고 동료들한테 인정도 받는 분이었습니다. 그런데 업무가 주는 스트레스로 밤잠을 설치고 심할 때는 높은 곳에서 뛰어내리고 싶다는 생각까지 했답니다. 한의원에서는 심리적 안정을 위한 침 치료를 받고, 정신과에서는 상담 치료를 받고 있었습니다. 그런데 코로나19로 회사 사정이 어려워져서 무급으로 한 달 쉬게 되었답니다.

"원장님, 제가 이렇게 행복해도 되나 싶어요."

"무급이어도 쉬니까 마음이 편해졌나 봐요."

"실적이 좋다 보니 휴직을 신청해도 늘 거절당했는데 회사에서 무급으로 쉬라고 하니 마음에 부담이 훨씬 덜하네요."

책임감이 강한 이 환자분은 스스로 회사를 쉬는 게 아니라 회사 사정으로 쉬는 것이라 마음이 더 편한가 봅니다. 월급을 받지 못해도 일로 사람을 만나지 않아도 된다는 안도감이 그이를 행복하게 했습니다.

"정신과 원장님 말씀이 대인관계로 상담받던 환자들이 '사회적 거리두기'로 증상이 많이 좋아졌다고 해요."

"그렇군요. 너무 잦은 인간관계가 사람을 힘들게 했던 거네요."

"두 달째 쉬면서 푹 자서 그런지 다시 일상으로 돌아가도 잘 견딜 수 있을 것 같아요."

환자분이 앞으로도 가끔은 휴식을 갖길 바랍니다.

이분과 다르게 불안해서 찾아온 분이 있습니다. 중학생 아들 하나 키우며 집안 살림을 완벽하게 하는 분입니다. 착실하게 직장 다니는 남편, 엄마 말이면 뭐든 잘 듣는 아들에, 본인도 손이 야무져서 바느질도 요리도 잘하는 환자입니다. 성격이 예민한 편이지만 가정의 테두리 안에서 특별히 그이를 괴롭힐 일은 없었습니다.

그런데 코로나19가 안정적이던 삶을 흔들었습니다. 남편 회사에서는 유급휴가를 줬다가 재택근무를 하더니 무급휴가를 주고, 이젠 인원을 감축한다는 이야기가 들립니다. 집에서 공부를 잘하던 아이는 자꾸 밖에 나가자고 보챕니다. 식구들이 나갔다 돌아오면 직접 만든 소독제를 온몸에 뿌려 주고 열도 수시로 쟀답니다. 본인은 석 달 동안 한 번도 밖에 나가지 않았고요.

그런데 개학을 할지도 모른다는 이야기를 듣고 나서부터 심장이 두근거린답니다. 떨리는 목소리로 자기 증상을 설명했습니다.

"우리 집은 바이러스가 들어올 틈이 없어요. 제가 만든 소독제 효과가 얼마나 좋은지 아세요? 그런데 애 학교에서 개학을 한다네요. 말이 된다고 생각하세요? 그 이야기 들은 뒤로 사흘 동안 잠을 못 잤어요. 한의원에서 진단서 받아서 학교에 내면 아이를 학교에 안 보낼 수 있지 않을까요? 잠을 못 자서 그런지 귀에서 소리가 나요. 기운이 부족하면 이명이 생긴다던데, 침 맞으면 괜찮겠죠? 다른 환자들하고 부딪히는 일 없도록 저 혼자 있을 수 있을까요?"

말에 불안이 배어 있습니다. 스스로 어쩌지 못하는 불안한 생각이 꼬리를 물면서 증상을 설명하기보다 불안을 나열하고 있었습니다.

"환자분, 오늘 전국 확진자가 몇 명인지 아세요?"

"여덟 명이요."

"일주일에 로또 당첨되는 사람이 많을 때는 60명쯤 돼요. 하루로 계산하면 여덟 명쯤 되는 거죠. 로또에 당첨된 적 있으세요?"

"원장님, 코로나19랑 로또가 무슨 상관이에요? 전 로또 사 본 적도 없어요."

"로또를 안 사면 당연히 당첨이 안 되고요. 샀더라도 당첨 확률이 엄청 낮아요. 코로나19에 걸릴 만한 행동을 한 게 없는데 걸리겠어요? 모르고 행동했더라도 확률이 낮다고 생각하세요."

환자분 표정이 별로 안 좋았습니다. 한의사에게 기대한 것은 이런 대답이 아니라 '어디에 침을 맞으면 잠이 잘 온다'는 말이었을 겁니다. 불안을 먹고 자라 꼬리가 길어진 생각은 논리적인 설명으로는 멈출 수 없습니다. 가끔은 논리적인 말보다 말도 안 되는 이야기가 마음을 편하게 할 때도 있습니다.

"두려워서 잠이 안 올 때마다 로또 이야기를 생각하세요."

불안하거나 머리가 복잡해서 잠이 안 올 때는 '뇌공' 혈자리를 씁니다. 목과 어깨 근육이 많이 긴장되어 있으니 머리 뒤와 목에도 침 치료를 같이 하고요. 말도 안 되는 설명으로 충격은 주었지만 침 치료는 정성껏 해 드렸습니다.

다음 날 다시 온 환자는 불안이 가신 듯했습니다.

"어제 푹 잤어요. 잠이 안 와서 좀 뒤척이다가 로또 이야기를 남편한테 했거든요. 그랬더니 남편이 원장님이 좀 웃기게 설명을 했지만 코로나19를 많이 두려워할 필요는 없을 것 같다며 저를 위로해 주었어요. 푹 잤더니 귀에서 소리도 안 나요. 그리고 사람들이 한의원에 꽤 다니는 걸 보니 제가 너무 집에만 있었나 싶어요."

사람들이 마스크를 쓰고 일상을 살아가는 모습을 눈으로 직접 보았다면 그렇게 불안이 커지지는 않았을 겁니다. 환자분에겐 적당한 사회생활이 필요했던 것 같습니다.

코로나19는 아직 위세를 떨치고 있습니다. 그리고 또 다른 바이러스가 우리에게 올지도 모릅니다. 하지만 그 속에서 식구끼리 더 화목해질 수 있고, 지나친 인간관계도 정리할 수 있습니다. 두렵지만 숨어 살지 않고 안전수칙을 지키며 하루하루 살아갈 수 있습니다. 모든 어려움은 지나고 나면 그럭저럭 견딜 만했다고 느껴지기 마련입니다.

이별은 끝이라기보다
잠시 '멀어짐'으로

   동네 한의원에서의 '이별'은 환자의 이사를 뜻하지만 멀리 이사 가더라도 찾아오는 분이 가끔 있으니 이별이라기보다는 '멀어짐'이라는 표현이 좋을 것 같습니다.

   남편 직장이 있는 파주로 신혼살림을 얻은 한 환자분이 한의원에 왔습니다. 친정어머니와 외국여행을 떠나려고 하는데 소화불량에다 자꾸 구토를 한다고요. 얼굴이 하얗게 질리고 여러 번 토해서 힘이 하나도 없었습니다.

   "마지막 생리가 언제예요?"

   "잠깐만요. 휴대전화에 날짜를 저장해 두거든요. 어머, 날짜가 지났네요. 임신일까요?"

   "먼저 임신테스트 해 보시고요, 혹시 모르니 임신부도 먹을 수 있는 속이 편해지는 약을 드릴게요."

   "저 이틀 뒤에 외국여행 가는데 상관없겠죠?"

"아무 상관없다는 말은 못 드리겠어요. 임신을 확인해 봐야 하니 산부인과에 가서 의사 의견을 들어 보시겠어요?"

다음 날 이분이 또 왔습니다. 임신 6주째이고 산부인과 의사 말로는 젊고 건강하니 여행을 가도 아무 상관없다고 했답니다. 그런데 그 여행을 취소했다고 합니다.

"무척 기다리던 아이거든요. 신혼이지만 제가 아이를 빨리 가지고 싶어서요. 그래서 조금이라도 위험한 일은 안 하는 게 좋을 것 같아요."

"어머니께서 많이 아쉬워하시겠어요."

"친정이랑 멀리 떨어진 곳에 신혼살림을 차려서 엄마 얼굴을 자주 못 보거든요. 그래서 여행을 가기로 했는데 아쉬워요. 아이 태어나면 그때 다 같이 가야죠."

'아이가 태어나면 외국여행은 더 쉽지 않을 텐데……'

이 말이 속에서 나오려는데 환자분이 입덧을 했습니다. 환자분은 임신 기간 동안 한의원에 자주 왔습니다. 입덧을 심하게 해서, 허리가 아파서, 몸무게가 늘어 발목이 아파서……

임신 기간 내내 치료와 수다를 함께했지만 출산하고 6개월은 한의원에 오지 못했습니다. 그러던 어느 날 다시 한의원에 왔습니다.

"남편이 쉬는 날이라 침 맞으러 왔어요. 아이 키우는 게 원래 이렇게 힘든 건가요? 아이 예방접종하러 갈 때 말고는 집에서 나올 수가 없었어요. 너무 힘들어서 수유도 안 한 지 오래고요. 이 달은 생리도 안 하네요. 수유 끊고 지지난달하고 지난달에는 했거든요."

그달에 생리를 하지 않은 까닭은 둘째를 가졌기 때문이었습니다. 연속되는 임신과 출산으로 환자분은 한의원에 올 때마다 지칠 대로 지친 모습이었습니다.

"아이 둘 데리고 집에 있는 게 쉬운 일이 아니에요. 잠깐이라도 큰아이는 어린이집에 보내세요. 둘째는 유모차에 태워서 치료 받으러 오세요. 아이가 낮잠 잘 때 치료받으면 되니까요."

"예, 안 그래도 큰애는 어린이집 보내려고요. 둘째는 아직 어리니 데리고 올게요."

환자분은 하루는 손목이, 하루는 무릎이 아프다고 했습니다. 아기띠를 하고 다니니 허리도 아프기 시작했습니다. 혼자서 육아를 하는 데 한계를 느꼈고 친정부모 도움을 받으려고 이사를 고민했습니다.

두 달 뒤 환자분은 이사를 갔습니다. 이삿짐을 싸는 일주일 내내 허리가 아프다며 한의원에 왔습니다. 다시 못 올 걸 알아서 열심히 왔을 겁니다. 한의원에 온 마지막 날.

"이 동네에 놀러 올 일 있으면 꼭 한번 오세요."

"아이들 다 크면 원장님 얼굴 보러 한번 올게요."

제게 그이는 자기 이야기를 재잘재잘 떠들어 주는 막냇동생 같았습니다. '멀어짐'이라고 하니 그이가 먼저 떠오른 것은 다시 그이가 보고 싶어서겠지요. 이 글을 읽고 놀러 와 주면 좋겠네요.

또 다른 이별도 있습니다. 멀어지는 정도가 아니라 아예 볼 수 없게 된 분들이지요. 평생 농사짓다가 동네가 개발되면서 농사지을 땅이 하나도 남지 않은 부부가 있었습니다. 60대 초반이어서 많이 아프지는 않지만 땅이 없어져 일거리가 사라지니 몸이 여기저기 아픈 것 같다고 했습니다.

"땅으로 먹고사는 사람은 끝까지 땅 일을 해야 한다고 생각했거든. 그런데 요즘 안사람하고 춤 배우러 다니니까 재미가 좋아. 진작 이러고 살걸 그랬나 봐. 그랬으면 그렇게 부부싸움 같은 건 안 했을 텐디."

"두 분 같이 배우시는 거예요? 보기 좋아요. 생각보다 운동이 많이 되시죠?"

"무릎은 조금 아픈데 춤도 추고 노래도 들으니까 기분은 끝내주지. 이제 뭐 걱정 할 거 있나. 자식들 다 나갔고, 우리 둘만 재밌으면 되지."

두 분이 젊을 땐 동네에서 부부싸움으로 유명했는데 지금은 금실 좋고 같이 재미있게 노는 부부로 더 유명하답니다. 어느 환자는 그 두 분을 부럽다고 했고 어느 환자는 뭔 춤이냐며 남사스럽다고 했습니다. 하지만 제 눈에는 행복을 찾는 분, 주변을 즐겁게 해 주고 농담도 잘하는 분들이었습니다.

"내가 토요일에 너무 놀았나 봐. 무릎이 뒤틀린 느낌이거든. 오금까지 당기고 말이야. 그런데 병원이 다 문 닫았으니 우째. 집에서 뜨끈하게 찜질했지. 그런데 점점 더 붓고 아픈 거야."

"무릎이 많이 부었네요. 부은 무릎에는 얼음찜질을 해야 하는데 온찜질을 했으니 더 아팠을 거예요. 다음에는 얼음찜질 하세요."

"다음에 또 이렇게 아프라고? 자꾸 아프면 안 되지! 다시는 무룔 안 아프게 고쳐 주세요."

"다음에 또 아프라는 뜻은 아닌데……."

"왜 원장님을 놀리고 그려. 우리 집 양반이 말로 농을 잘해요.
신경 쓰지 말고 있는 힘껏 침을 꾹 넣어서 더 아프게 해 주세요.
하하!"

두 분은 저를 놀리는 것 같다가도 웃게 만들어 주고 환자들을
잘 돌볼 수 있게 조언도 자주 해 주셨습니다. 어르신의 인생이 묻
어나는 농담을 많이 배웠습니다.

늘 두 분이 같이 다니셨는데 하루는 어머니 혼자 한의원에 왔습
니다.

"우리 남편 지난달에 갔어. 심장이 딱 멈췄대."

"어머니, 뭐라 위로를 드려야 할지……."

"끝장나게 싸우다가 이제 좀 알콩달콩 살아 보나 했더니. 그리
되었어. 저쪽 동네 가서 나 말고 딴 사람 만나면 안 되는디, 그
냥 확 따라갈까?"

조문 인사를 어찌 해야 하나 했는데 웃으면서 따라간다고 하셨
습니다. 제가 우울해질까 봐 한 농이고, 돌아간 남편을 그리는 말
입니다.

"옆에 있을 때 잘해 줘. 요즘 등 간지러울 때마다 그이 생각이
많이 나."

"저도 아버님 농담하던 모습이 그립네요."

"그리워해 주니 내가 고맙네."

한의사는 사람들의 생로병사를 가까이서 바라보는 직업입니다.

아이를 태어나게 하고 죽어가는 사람을 보는 일을 직접 하지는 않지만 나이 들어가고 아픈 사람들 옆에서 조금이라도 돕는 직업인 것은 확실합니다.

불교에서는 '생로병사'를 인간이면 누구나 겪어야 하는 네 가지 괴로움이라고 합니다. 이 생로병사에다 사랑하는 사람과 헤어지는 고통(애별이고), 미운 사람과 만나는 고통(원증회고), 구하고자 하나 얻을 수 없는 고통(구부득고), 오음(물질, 느낌, 생각, 행함, 앎)에서 비롯된 많은 고통(오음성고), 넷을 더하여 여덟 가지 고통이 있다고 합니다.

제게 환자와 이별하는 것은 애정하는 이들과 하는 이별이니 '애별이고'입니다. 아픈 곳을 알고 속사정을 나누며 애정이 깊어지니 이별이 힘이 드네요. 그들이 그리워 글을 쓰면서 기억을 살리며 마음에 담게 되나 봅니다.

자신이 없었습니다. 동네 신문에 글을 몇 차례 기고한 적은 있었지만 달마다 한 편씩 쓸 수 있을지 스스로에 대한 믿음이 없었습니다. 그래서 한 해만 연재할 생각으로 2016년부터 〈개똥이네 집〉에 글을 쓰기 시작했습니다. 어느덧 연재한 지 다섯 해가 지났습니다.

그사이 제 아이들은 〈개똥이네 놀이터〉를 읽으며 개똥이 기자가 되었고, 잡지 표지 그림 그리기도 여러 번 도전했습니다. 아이들은 잡지를 읽는 동안 쑥쑥 자랐고 저는 잡지에 글을 쓰는 동안 환자를 통해 배우고 제 생각을 다듬고 정리할 수 있었습니다.

4년 7개월 동안 꾸준히 글을 썼더니 지인이 제게 대학을 졸업하고도 남는 기간이라고 하더군요. 〈개똥이네 집〉 연재는 글쓰기의 대학 생활이었고 졸업논문처럼 책으로 엮게 되었습니다.

제 어머니 김미옥 여사가 집안일을 도와주지 않았다면 글을 쓸 시간을 가질 수 없었습니다. 제가 뭘 해도 예쁘게만 바라봐 주신 지금은 돌아가신 시부모님, 묵묵히 옆자리를 지켜 주는 남편도 많은 도움을 주었습니다.

글을 쓰겠다는 결심은 '꼬닥꼬닥' 모임의 배경진, 서상미 두 분의 응원이 아니었다면 할 수 없었습니다. 2011년 5월부터 주마다 만나 같이 책을 읽은 '시나브로'가 있었기에 꾸준히 읽고 쓸거리를 발견했습니다.

〈개똥이네 집〉에 글을 요청했던 첫 편집자 김누리, 책에 도움을 준 보리출판사 분들 모두 고맙습니다. 글 쓰는 한의사라며 많이 읽으라고 응원해 준 한길사 분들, '도서관의 서재'로 환자에게도 제게도 책을 많이 빌려 볼 수 있도록 해 준 파주시 도서관 관계자 분들에게도 고마운 인사를 전합니다.

파주여서, 출판단지와 가까워서, 책과 관련된 분들이 환자여서 책을 쓸 수 있었습니다. 그리고 우리 동네 환자들이 흔쾌히 글의 주인공이 되어 주어서 고맙습니다.

연재한 글을 모아 책으로 만들고 나니 '다음에는 어떤 이야기로 만날까' 벌써 고민하고 있습니다. 꾸준히 동네를 지키는 한의사로 열심히 살아가겠습니다.

2021년 5월

권해진

우리 동네 한의사

마음까지 살펴드립니다

2021년 5월 25일 1판 1쇄 펴냄 | 2023년 1월 6일 1판 3쇄 펴냄
글 권해진
그림 권민우(21쪽, 45쪽, 120쪽, 151쪽, 153쪽) | 동의혈자리 사전(44쪽, 79쪽, 89쪽, 90쪽)
　　손 주물러 병 고치기(45쪽, 51쪽) | 발 주물러 병 고치기(46쪽, 51쪽, 137쪽)

편집 김누리, 김로미, 이경희, 임헌, 조성우 | **교정** 김성재
디자인 오혜진 | **제작** 심준엽
영업 나길훈, 안명선, 양병희, 조현정 | **독자 사업(잡지)** 김빛나래, 정영지
새사업팀 조서연 | **경영 지원** 신종호, 임혜정, 한선희

인쇄와 제본 (주)상지사 P&B
펴낸이 유문숙 | **펴낸 곳** (주)도서출판 보리 | **출판등록** 1991년 8월 6일 제9-279호
주소 (10881) 경기도 파주시 직지길 492
전화 031-955-3535 | **전송** 031-950-9501
누리집 www.boribook.com | **전자우편** bori@boribook.com

보리는 나무 한 그루를 베어 낼 가치가 있는지 생각하며 책을 만듭니다.

ISBN 979-11-6314-198-3　03810